本物の聖女じゃないとバレたのに、王弟殿下に迫られています

葛城阿高

JN067319

B's-LOG BUNKO

ビーズログ文庫

イラスト／駒田ハチ

Contents

Honmono no seijo janai to baretanoni,
Outeidenka ni semarareteimasu

テオフィルス・
アンヘル・オルサーク
レグルスレネト王国王弟。
兄王が教団に
騙されていると思い、
セルマを偽物聖女と
疑っていたが
……!?
セルマ
ナミヤ教の聖女。
「聖なる力」で信者たちを
救う……とされているが
実際力はなく、
持ち前の洞察力で
聖女の地位を築く。

人物紹介

Character

Honmono no seijo janai to baretanoni, Outeidenka ni semarareteimasu

ラーシュ

ナミヤ教の神官。
次期団長候補と目されている
エリート。

アピオン

ナミヤ教の先代団長。
御年九十とは思えぬ
かくしゃくとした老人。

エヴェリーナ・ハーパニエミ

子爵令嬢。
テオフィルスに
異常な執着心を抱いている。

エトルスクス

ナミヤ教の現団長。
セルマを拾って
育ててくれた恩人。

序章　どうしてこうなった

私は聖女。この国でただ一人の、悪魔《あくま》をも倒《たお》す『聖なる力』を持つ者である。

悪魔というのは人間に取《と》り憑《つ》く悪《あ》しきものの総称《そうしょう》。宿主を操《あやつ》り犯罪へと走らせたり、感情を食らい憑《と》り殺すこともある厄介《やっかい》な存在だ。

悪魔祓《あくまばら》いは聖女の仕事の一つだが、私は非力で武器の心得もない。だから武芸に長《た》けているテオフィルス王弟殿下《でんか》に聖なる力を分《わ》け与《あた》え、悪魔退治を任せていた。

そして、聖なる力の受《う》け渡《わた》しの際に必要となることというのが――。

「……これ、毎度やらないといけないの？」

目の前に立つ彼に、私は小さな声で尋《たず》ねた。

聖なる力を渡す方法は、『祝福の接吻《せっぷん》』。簡単に言えば、キスだ。

祝福の接吻は儀式《ぎしき》であり、好意の有無《うむ》は関係ない。儀式として聖女である私が能動的に致《いた》すもので、テオフィルス――テオは受動的に致されるもの、というのが暗黙《あんもく》の了解《りょうかい》となっている。

だというのに、やる気に満ち溢《あふ》れるテオに私はついつい尻込《しりご》みしてしまい、そのせいで余計に彼が前のめりになった。

「すぐ終わる。だから黙《だま》って受け入れろ。ほら、ラーシュたちが見ているだろう？」

——なんで私が受け入れる側になっているのかな……？

以前にも似たような会話をした記憶《きおく》があるけれど、あの時とは配役が逆だ。前回は、テオの方が「毎度しないといけないのか？」と腰《こし》が引けていたはずだ。

テオは身を乗り出して、今にも私に「ほら、ここにキスを！」と己《おのれ》の唇《くちびる》を指差して迫《せま》ってきそうな勢いである。落ち着け、冷静になれと諭《さと》したいが、視界の端《はし》では悪魔が攻撃《こうげき》の準備を整えつつあって、つまり、四の五の言っている場合ではないのだ。

私にはキスをするという選択肢《せんたくし》しかない。別に、ほんの一瞬《いっしゅん》で済むのだから、我慢《がまん》と言うほどの時間でもない。……はずだと、やけになって自分を奮い立たせる。

「テオフィルス、あなたに聖なる力を授《さず》、……っ⁉」

ところが、お決まりの口上が終わるよりも早く、テオが私の唇を奪《うば》った。

まさにあっという間の出来事。完全なるフライングだ。私のタイミングも事情も、彼は一切合切《いっさいがっさい》を無視した。

私が思う暗黙のルールでは、今のようにテオから私に迫ってはいけないし、むやみやたらと体に触れてもいけない。ましてや、舌を入れるなど。

にもかかわらず、テオの舌は私の唇の隙間《すきま》を割り、口内へとやってきた。私の舌を発見するととろけるように絡《から》ませて、未知の感覚を私にもたらす。

逃《に》げ道《みち》を塞《ふさ》ぐようにテオの片手は私の腰を抱き、もう片方の手は私の後頭部を支えていた。

「……っ!!」

一秒、二秒、三秒。長くはないが、短くもない時間。私の体感時間では充分長いけど。

「……、…………、ぷはっ⁉」

ちゅっという軽《かろ》やかな音とともに、私たちの唇は離《はな》れた。ようやく終わった……と安堵《あんど》したら、下半身の力が抜《ぬ》けた。

へなへなとその場にへたり込む私に代わり、テオが高らかに宣言する。

「祝福の接吻により、聖女セルマの聖なる力はこの俺テオフィルス・アンヘル・オルサークに委譲《いじょう》された。ここから先は俺が悪魔を引き受ける！」

――キスがどうであれ結局のところ、最終的にテオが悪魔をやっつけてくれればそれで……いいんだっけ？

――いや、ダメでしょ。

私は自分の唇に触《ふ》れた。先ほど重なった場所だ。まだ少し熱を持っていて、唇の感触《かんしょく》がまざまざと甦《よみがえ》ってくる。

先ほどの濃厚《のうこう》なキスを、看過《かんか》してはいけない。

そもそもテオは私を疑い、目の敵にしていたはず。本物の聖女ではないのではないかと。

陛下《へいか》をたぶらかす悪女ではないかと、何度も悪言を吐《は》かれたではないか。

——だというのに、この状況は何？

——どうしてこうなった⁉

1章……本物と偽物

1

テオとの出会いは、数ヶ月前に遡《さかのぼ》る。

眩《まばゆ》い金色の髪《かみ》に、筋の通った高い鼻。肌艶《はだつや》は見るからになめらか。これらは、彼が労働者階級に属さない高貴な身分であることの証《あか》しだ。

おそらく国内最高級のジャケットとベスト、トラウザーズ。ありふれたシンプルなデザインだが、最新の立体裁断縫製《ほうせい》のためか余分なところがなく美しい。

体のシルエットはすっきりと引《ひ》き締《し》まっており、猫背《ねこぜ》でも反《そ》り腰《ごし》でもないのは日頃《ひごろ》から鍛《きた》えているためだろう。髪は短めで額が出るよう左右に分けてあるところも、目と平行にシュッと一本線を引いたようなまっすぐな眉《まゆ》も、この人が誠実で裏表のない性格だということを表している。

彼の背後に控《ひか》える三人は、揃《そろ》いも揃って教団幹部。前団長のアピオンさま、現団長のエトルスクスさま、そして次期団長として有力視されているラーシュである。

アピオンさまはご高齢《こうれい》ということもあり、近いうちロェ神殿《しんでん》に隠居《いんきょ》されることが決まっている。そんな方までわざわざ引き連れてくるとは。

「聖女セルマ殿《どの》、私はレグルスレネト王国国王ティグニス・ユシェ・レグルスが弟、テオフィルス・アンヘル・オルサークです」

平均より少し低めで安定した声。お兄さまのティグニス陛下《へいか》と似ているが、細身の陛下よりも腹筋がしっかり育っている人の声だ。

「ええ、存じ上げております。テオフィルス殿下《でんか》、お久しぶりにございます」

彼と顔を合わせるのは、これが二度目となる。一度目は二年前の国教記念式典だが、言葉を交《か》わすのは今日が初めて。

挨拶《あいさつ》の後、私は彼に先んじて告げる。

「再びお会いできたこと、また此度《こたび》の殿下のお考えも、とても嬉《うれ》しく思います。まさか殿下がナミヤ教に入信し、輔祭としてわたくしの側で女神の教えを学びたいだなんて」

「……は？」

彼がここへやってきた目的——それは、本人の口からまだ語られてはいなかった。だから私が言い当ててみせると、彼はわかりやすく戸惑《とまど》った。

「俺はまだ何も言っていない……誰《だれ》に聞いた⁉」

誰からも。意思表示に首を振《ふ》ってみせると、テオフィルス殿下は幹部たちにどういうことかと疑いの視線を向けた。

殿下の動揺《どうよう》を見て、アピオンさまが苦笑《くしょう》して私に一つ注意を飛ばす。

「セルマ、聖なる力をむやみやたらに使うものではありませんよ。殿下が驚《おどろ》いておいでではありませんか」

アピオンさまはやんわりと咎《とが》めるだけで、私を本気でお叱《しか》りにはならない。

「そうおっしゃいましても、わたくしには自然とわかってしまうのです」

思考の先読みは今に始まったことじゃない。私の側にいる以上、殿下には早く慣れてほしいとアピオンさまも思っておられるに違《ちが》いない。注意がぬるいのはそのせいだろう。

「そうだとしても、いきなり力を使うものではありませんよ。神殿での暮らしは下界のそれとは異なります。流行《はや》り廃《すた》りもなく、時の流れだって遅《おそ》い。ですから――」

アピオンさまのお言葉の途中《とちゅう》、テオフィルス殿下が咳払《せきばら》いをした。本題に入りたくてたまらなかったらしく、私たちが注目すると堰《せき》を切ったように喋《しゃべ》り始めた。

「聖女セルマ殿、俺のことは今後『テオ』とお呼びください。敬称《けいしょう》も不要。セルマ殿がおっしゃったとおり、国教となったナミヤ教への理解を深めたく、こうして入信を決めました。教えを乞《こ》う立場であることは他の信者と同じ。王族ゆえ入信と同時に聖女付きの輔《ほ》祭《さい》に叙階《じょかい》いただく贔屓《ひいき》を受けたが、これ以上は結構。厳しくご指導いただきたい」

ナミヤ教の聖職者になるには、各地にある神学校に通うか、修道士・修道女として一定期間下働きをする必要がある。でも、テオフィルス殿下……改め、テオの場合、王族であることを理由にそれら一切《いっさい》が免除《めんじょ》となったのだ。

「そういうわけでテオフィルス殿下を輔祭とし、聖女付きにとお連れしましたが、セルマに異論はありますか？」

アピオンさまがお尋《たず》ねになった。テオの表情は真剣《しんけん》そのものだが、わずかに視線が揺《ゆ》らいだのを私は見逃《みのが》さなかった。

その彼が「聖女付き」とは少々面倒《めんどう》なものの、拒《こば》むほどのことでもない。だから私は二つ返事で了承《りょうしょう》する。

「ございません。諸々《もろもろ》承知いたしております」

私が聖女として認められたのは、アピオンさまがまだ団長だった頃《ころ》。

聖女には必ず顕現《けんげん》する特徴《とくちょう》、通称《つうしょう》『三要件』がある。虹色《にじいろ》の瞳《ひとみ》、聖痕《せいこん》、そして女神《めがみ》によって授《さず》けられた聖なる力だ。

私が持って生まれたのは、虹色の瞳と聖痕のみ。三歳で教団に引き取られたのち、六歳の頃に聖なる力が現れ、そして聖女として認められた。……ということになっている。

実は、私は本物の聖女ではない。

唯一《ゆいいつ》瞳は虹色だが、左手の甲にある×印《バツ》の聖痕は幼い頃に負った怪我《けが》の痕《あと》だ。怪我の経緯は覚えていないが、適当な布を包帯代わりに巻いていた記憶がある。

聖なる力もない。ほんの少しも、欠片《かけら》も。霊感だって一切ない。

その代わり、私には人よりもちょっと優《すぐ》れた洞察力《どうさつりょく》があった。

表情や身なり、仕草から、その人の背景や性格を当てることが得意だった。まるで人の心を読んだように振る舞《ふま》うことができ、おかげで私は聖女として認定されたのだ。

先ほどテオが私の執務室《しつむしつ》を訪《おとず》れた理由を見抜《みぬ》いたのも、彼の心を読んだのではない。ただ目の前にあった情報から推測しただけ。

王弟という身分なのに護衛はなし。一方で、彼とともに教団の最高幹部がわざわざ三人もついてきたこと。

そして、テオからかすかに漂《ただよ》う香り。これは、ヘンルーダというハーブの香りだ。

毒性があるので一般的《いっぱんてき》なハーブのように食用や薬用で使われることはなく、ナミヤ教でも叙階式《じょかいしき》の時にしか用いられない特別なものという位置付けのハーブ。

つまりその香りがするということは、テオがナミヤ教に入信し、かつ何らかの叙階を受けたことを意味している。

——王弟殿下が入信なさるとしても、いきなり神官にするにはいくらなんでも権限を与《あた》えすぎ。となれば、階級は輔祭というのが妥当《だとう》か。でも、輔祭も結局は神官にこき使われる立場だし、それはそれで角が立つから聖女付き——私に押し付けることにしたのね。私が断れないように、お偉方《えらがた》トリオが雁首揃《がんくびそろ》えてプレッシャーまでかけてきているし……。

このように、状況《じょうきょう》から察したことを、いかにも心を読んだように見せかけただけなのだ。

それよりも、今の私にはテオがついた嘘《うそ》の方が気がかりだった。

『国教となったナミヤ教への理解を深めたく、こうして入信を決めました』

そう言った時、彼の視線が右上に揺らいだ。それを見て私は、彼が理解を深めたくて、入信したわけではないのだと確信した。

三年前までここ、レグルスレネト王国は、テオの母テレシアさまが女王として君臨していた。朝令暮改《ちょうれいぼかい》の国政により国は荒《あ》れていく一方で、隣国《りんごく》マゼ王国との関係も悪化の一途《いっと》を辿《たど》っていた。国婿《こくせい》の父親に発言権や力はなく、国内の至る所に裏切り者や工作員が潜《ひそ》み、敵と味方の見分けも難しかったほどだ。

その窮状《きゅうじょう》を変えるためにナミヤ教を頼《たよ》ったのが、テオの兄であり現国王でもあるティグニス陛下。

彼のおかげでナミヤ教は国内のすみずみまで広まり、ナミヤ教の教えのおかげで人々の心は落ち着いていった。それと同時に私は国使として隣国を訪れ、持ち前の洞察力を駆使《くし》してマゼ国王に関係改善と国交復活を約束させた。

そして、テレシアさまが幽閉《ゆうへい》されたのち即位《そくい》したティグニス陛下は、ナミヤ教の功績を讃《たた》え国教にするとの布令を出したのだった。

テレシアさまがどれだけの失政を重ねていたのかは、私もよく知っている。他民族を迫《はく》害《がい》したり、胡散臭《うさんくさ》い占《うらな》い師《し》の言うがままに政策を決めてしまわれたり……。役人や貴族には賄賂《わいろ》が横行し、ティグニス陛下が摘発《てきはつ》なさるまでそれはそれは散々だった。

惨状《さんじょう》を間近で見てきたテオなら、ナミヤ教がどれだけこの国の救世主となったかわかっているはず。にもかかわらず理解を深めたいわけではないのなら、なぜ入信したのか。

よろしく、と私が左手の甲《こう》を差し出すと、彼は膝《ひざ》を折って応じた。私の指先をかすかに握り、手袋《てぶくろ》の上から聖痕に口づけを落とす。

——んん？

私が愛用している手袋は、指先の覆いがないフィンガーレスタイプ。だからすぐに異変に気づいた。

私とテオは中指の先がかろうじて接触《せっしょく》している程度。だというのに指の汗《あせ》はひどく、まるで嫌々《いやいや》触《ふ》れているみたいだった。

——さっきの嘘と関係が？　私が嫌《きら》い？　聖女が嫌い？

聖痕への口づけは、ナミヤ教信者と聖女との間の挨拶のようなものだ。だからこれまで何千何万とこなしてきたが、テオほど緊張《きんちょう》している者も珍《めずら》しい。

瞬《まばた》きの回数も多く、一つ一つの動作がぎこちない。表情筋は強張《こわば》っているし、おまけに顔色がよくない。

触れたか触れないかわからないくらいささやかな口付けを終え、顔を上げたテオは私と視線を合わせたものの、すぐに逸《そ》らしてしまった。

一瞬《いっしゅん》見えた空色の瞳。その瞳孔《どうこう》は小さく縮んでいた。さらに私の前から下がる際、侍《じ》女《じょ》の位置を確認《かくにん》しさりげなく遠回りをして……。

そこで私は悟《さと》った。

──女性恐怖症《きょうふしょう》？　だから私のことも嫌い？

王宮はしばしば「伏魔殿《ふくまでん》」だと喩《たと》えられる。王族と繋《つな》がりを持ちたい者などゴロゴロ転がっているだろうし、テオもそのせいで被害《ひがい》を受けた経験があるのかもしれない。

たとえば、好きでもない女性を妃《きさき》にと押し付けられたり、興味もない女性から言い寄られたり強引《ごういん》に既成《きせい》事実に持ち込まれかけたり。

──ま、私には関係ないか。聖女と輔祭、適切な距離《きょり》を保って付き合っていくだけよ。

恐怖症の件は措《お》いておくにしろ、テオが何らかの目的のために入信したということは確かだ。でも、彼が何を企《たくら》んでいようとも、私のやるべき仕事は変わらない。

この先何があろうとも、私があなたに振り回されることはない。そう意思表示をするように、私はテオに微笑《ほほえ》んだ。

「テオ。あなたはきっと、素晴《すば》らしい聖職者になるでしょう」

「なっ、何を根拠《こんきょ》に！」

ところが彼は反射的に私の言葉に噛《か》み付いた。

見込みがあると褒《ほ》めているのに、腹を立てた態度を取るのは矛盾《むじゅん》する。これではまるで教団への敵意を自ら暴露《ばくろ》するようなものだ。

「ほら、すぐムキになるそのわかりやすい性格」

助け船代わりに優《やさ》しく窘《たしな》めると、彼はハッとして固まった。

――やっぱり。この人、めちゃくちゃ嘘が下手なんだわ。誘導尋問《ゆうどうじんもん》に簡単に引っかかるタイプ。

アピオンさまたちが不思議そうに彼のことを見ている。テオの入信した理由と先ほど見せた反抗的《はんこうてき》な態度が結びつかず、困惑《こんわく》しているようだ。

「アピオンさま、テオは嘘が嫌いなのです。複雑なことも嫌い。単純明快なものを好み、正義感が強く、困っている人を放っておけない善人です」

唐突《とうとつ》な性格分析《ぶんせき》とともに「でしょう？」と付けてテオに感想を尋ねると、彼は言葉に詰《つ》まった。図星なのはわかっていたので、私は引き続きアピオンさまに訴《うった》えかける。

「テオほど高潔な者はいません。彼が先ほどわたくしの言葉を強く否定したのもそのせい。彼は、想像任せの評価はやめてほしいと願っているのです。損得関係なし、贔屓目《ひいきめ》なしの実態に則した正当な評価を、彼は何よりも望んでいる。やっぱり、聖職者向きの性格です」

テオの不可解な反応を「行きすぎた謙遜《けんそん》」ということにしてお茶を濁《にご》したものの、彼は私に助けられたと気づく時がくるのだろうか。恩を着せたいわけではないので、別に構わないけれど。

ともかく、こうして私は聖女付きに任命されたテオと共に、神殿の暮らしを送ることになったのである。

2

かつてこの世は平らであり、女神ヲウルを中心として人間が暮らしを営んでいた。しかしある時、女神が不老不死であることを妬《ねた》む人間が現れる。

彼の名をメナヘムといった。

メナヘムは死を恐《おそ》れるがあまり不老不死を追い求め、自らも神になろうとした。しかし失敗し、人間でも神でもない、中途半端《ちゅうとはんぱ》な存在に成り果ててしまう。

彼は常に酷《ひど》い苦痛に苛《さいな》まれ、かといって死ぬこともできぬまま、ひたすらに耐《た》えるしかない地獄《じごく》の日々を送る。その結果、メナヘムは次第《しだい》に世を恨《うら》むようになっていく。

メナヘムの恨みは周囲に伝染《でんせん》した。女神に暴言を吐《は》き、誰彼構わず他者に危害を加えようとする者が現れ始めたのだ。

　事態を重く見た女神は、メナヘムを隔離《かくり》する。世界の下層に『根の国』を作り、そこにメナヘムを閉じ込めた。ついでに二度と這《は》い上《あ》がれぬよう、重い蓋《ふた》をして鍵《かぎ》もつけて。

　女神ヲウルもまた人間との共存を諦《あきら》め、世界の上層に『天の国』を作り移住した。と同時にメナヘムのような悪《あ》しき魂《たましい》を、次々に根の国へ送り閉じ込めていった。

　根の国の住人は女神と人間を恨んだ。その憎悪《ぞうお》は膨《ふく》れ、やがて悪魔《あくま》となり凶暴な実体を持ち、根の国と地上のわずかな隙間《すきま》から人の世へやってきては、悪さをするようになる。

　一方で、女神ヲウルは己《おのれ》の力を分け与えた少女を『聖女』とし、聖女に悪魔を退治させることで、今も人の世を守り続けているのである――。


　……というのが、レグルスレネト王国に伝わる神話であり、聖女を崇《あが》めるナミヤ教の始まりの物語だ。

　ナミヤ教の教えの中で最も大切なことは「認めること」。己の弱さを認め、ありのままの己を受け入れることで、何ものにも負けない強さを手に入れることができる。――と、ナミヤ教は説いている。

「セルマさま……聖女さまっ。ありがとうございます、ああ……何と感謝を伝えたらいいか。父が私のことを大切に思っていただなんて……！」

私の隣《となり》に座っているのは、四十代の信者の男性。上流階級の紳士《しんし》だ。

その彼は、己の半分も生きていない私の言葉を信じ込み、私の両手に縋《すが》りつきながら体面も気にせず泣《な》き崩《くず》れていた。

「生きているうちにもっとあなたに愛していると伝えていればよかったと、お父さまは大変後悔《こうかい》していらっしゃいます。そうすれば、あなたがあんな出来事に巻き込まれることもなかったのにとおっしゃって、今、あなたのうしろで涙《なみだ》を流しておいでです」

「な、なぜ……誰にも打ち明けたことがなかったのに、どうしてあのことをご存じなのですか⁉　さすが聖女さまだ、私の過去などお見通しなのか……」

ナミヤ教団は事業の一環《いっかん》として、聖職者によるカウンセリング、通称『対話』を実施《じっし》していた。悩《なや》みや過去の辛《つら》い体験を打ち明ける過程で、信者はゆっくりと己を受容し過去を克服《こくふく》し、強く尊い姿へと生まれ変わることができるのだ。

神殿に来る者はみな、何かしらの救いを求めている。救いというのは突《つ》き詰《つ》めれば、「自分を理解してほしい」というものが大半だ。

私に聖なる力はないが、相手の気持ちを読み取ることは得意だった。だから持ち前の洞察力を活《い》かして、信者が望む言葉をかけた。そうすることで彼らは落ち着き、みな少しずつ前向きになっていった。

嘘をついているのは百も承知。でも、彼らが楽になれるのならばそれに越《こ》したことはない。嘘つきだろうがなんだろうが、信者を幸せにすることが、聖女としてのあるべき姿だ。

だから私は聖なる力などなくとも、歴代の聖女の中で誰よりも「聖女」をしているという自負すらあった。

紳士が洟《はな》をすすりながら独白する。

「あれは、私の愚《おろ》かさが招いた事故です。認めます、私のせいです。だから父が後悔することなんてない。……父に、謝りたいっ」

当然ながら私には他人の心の声なんて聞こえないし、幽霊《ゆうれい》が見えるわけでもない。今回だってこの信者が過去にどんなトラブルに巻き込まれたかなんて知らない。

ただ「あんな出来事」と仄《ほの》めかしたのを、彼が勝手に関連づけて連想してくれたにすぎないのだ。

しばらく泣いて彼が落ち着いたところで、私は部屋の隅《すみ》で控えているテオに声をかけた。

「そこの棚《たな》にある白い小箱を持ってきてちょうだい。月の箔押《はくお》しがしてある箱よ」

手のひらに載《の》るほどの小さな四角い箱。私はそこに、加工済みの精霊石《せいれいせき》を入れていた。

精霊石とはナミヤ教の神具や宝飾具《ほうしょくぐ》に使用される宝石のことで、さまざまな色の石がある。私が箱に入れていたものは、全て丸く研磨《けんま》され紐《ひも》を通す穴が開いていた。

私はそのうちの一つを選んだ。小指の爪《つめ》ほどの大きさで、淡《あわ》い紫色《むらさきいろ》のものだ。両手で握《にぎ》り、目を瞑《つぶ》る。

——どうかこの方が、これから先、心穏《おだ》やかに過ごせますように。

祈《いの》りによってご利益が増すわけではないけれど、そう願ってから私は石を彼に渡《わた》す。

「あなたにこれを差し上げます。お父さまは天の国から常にあなたを見守っておいでです。今後また心が乱されることがあっても、この石があればきっと、自信を取《と》り戻《もど》すことができるでしょう。何も心配はいりません。あなたは愛されていたし、奥様《おくさま》もあなたの帰りを待っている。あなたを大切に思っている」

「妻が……。本当でしょうか。まだ夫婦《ふうふ》として、やり直す余地はあるでしょうか？」

彼は真剣な眼差《まなざ》しで私の話に耳を傾《かたむ》けてくれていた。その思いに応えるように、私は慈《じ》悲深《ひぶか》く頷《うなず》く。

「わたくしは嘘をつきません。わたくしには人に見えないものが見え、聞こえない声が聞こえます。それをあなたに伝えているだけ」

というのは嘘。私は嘘をつく。でも、必要な嘘だ。

彼は両親、特に父親に愛された記憶《きおく》がなく、そのせいで妻や子へどう接していいかわからなくなっていた。肉親にすら愛されない自分が、配偶者《はいぐうしゃ》にも子にも愛されるはずがない。周囲の人間はみな、自分が金持ちだから相手をしてくれるだけだ。——と思い込み、誰のことも信じられずに苦しんでいた。

私にできることは、彼の自己肯定感《こうていかん》を高めてあげること。幼少期にできた心の傷を多少なりとも癒《い》やすことができたなら、きっと彼は楽になる。

だから私は筋書きを用意して、役者になりきり演じたのである。


「──なぜ」

対話を終え二人きりになった執務室で、テオがぽつりと呟《つぶや》いた。

振り向くと、彼は壁《かべ》にもたれかかりながら輔祭の短いマントの下で腕《うで》を組み、私を熱心に見つめていた。

その瞳にあるのは疑いの色ではない。わずかな興奮と尊敬、興味。まるで奇跡《きせき》を目撃《もくげき》したと言わんばかりだ。

「対話に同席するたびに思うが、なぜセルマ殿には信者たちの悩みがわかる？」

おや、と私はテオを見る。そんな疑問を抱《いだ》くということは私の力を疑っているの？

……とはさすがに口に出せないので、聖女としての模範《もはん》解答を告げておく。

「女神ヲウルのお力のおかげよ。いつも申し上げているけれど、女神より授かったこの力のおかげで、わたくしにはみなの心の声が聞こえるのです。心を読む、と言ってもいい。この奇跡を表現するのにちょうどいい言葉は存在しないから」

「……要するに、俺たちが心の中で考えるだけで、その内容がセルマ殿に伝わってしまうということなのか？」

テオが教団にやってきた理由は、気になっていたもののあえて探《さぐ》りを入れなかった。嘘が下手な彼ならば、そのうちボロを出すに違いないと思ったからだ。

案の定、三ヶ月も経《た》てばなんとなく見えてきた。

テオはたぶん、教団を疑っていたのだ。ナミヤ教団はこの国に古くから伝わる女神の名を利用した詐欺《さぎ》組織で、信者を騙《だま》し洗脳し、よからぬことを企んでいるのだと。

もしかしたらナミヤ教が国教となったことからして、納得《なっとく》がいっていないのかもしれない。だから、私が信者の悩みを言い当てることが不思議でならないのだろう。

私としては「国の混迷期《こんめいき》に助けてあげたのに、なぜ疑うの？」と少々困惑してしまうけれど、入信当初と比べると、テオの不信感はいくらかマシになっているようにも見受けられた。

私はソファに座ったまま、上半身を捻《ひね》りテオの方へ体を向けた。聖女の証しの一つだという虹色の瞳を、これ見よがしに細める。

「こんなに間近で見ていながら、テオはわたくしの力を信じていないの？」

「ちっ違う、これまで一度も聖なる力など目の当《ま》たりにしたことがなかったから！　だから正直胡散《うさん》くさか……し、新鮮《しんせん》でっ。セルマ殿のことも偽物《にせもの》……いや、疑っているわけではない！」

　――ほほう。聖なる力が胡散臭いと。私のことも疑っていたと。

　本音を隠《かく》そうとしてか、テオはますます饒舌《じょうぜつ》になる。

「国を救ってくれたことには感謝している。だから兄上はナミヤ教を国教にしたのだ。俺は王弟として、兄上の決定を後押《あとお》しする必要がある」

「そうね。ティグニス陛下は正しいお方。だから当時の我々も陛下を信じ、協力を惜《お》しまなかった」

「…………」

　テオが口を尖《とが》らせて、あからさまに不機嫌《ふきげん》になった。まるでティグニス陛下が正しくないとでも言いたげだ。

　私がこうして観察しているのにも気づかず、テオは自分に言い聞かせるように呟く。

「あの完全無欠の兄上が頼るくらいだ、ナミヤ教は素晴らしい宗教なのだろう。だが、兄上のお力だけでも国を平定させることはできたはず。俺ももっと力になれた。たった一人の弟として、兄上の右腕《みぎうで》となる覚悟《かくご》も実力もあった。それなのに、兄上は俺ではなく教団を頼り――」

　思うに、テオが今言ったことは本来私に打ち明ける予定のものではなかったはずだ。

　――現在進行形で口が滑《すべ》っているのか、私を信頼《しんらい》し気持ちを吐露《とろ》してくれているのか……どっち？

「つまり、テオはティグニス陛下が弟の自分そっちのけで教団を頼ったから、面白《おもしろ》くなくて拗《す》ねているのね」

私が核心《かくしん》を突くと、テオはわかりやすく動揺した。

「そん……ち、ちが、俺は、拗ねるだなんて、子どもじみた……無礼だぞっ！」

テオと私の性格は、おそらく対極に位置している。私は本音を隠すのが得意。テオは大の苦手。嘘が壊滅的《かいめつてき》に下手で、思ったことがそのまま口に出るタイプだ。

テレシア女王の時代、そこかしこに敵が蠢《うごめ》いていた中では、この純粋《じゅんすい》さは利用されたり騙されたり、とても危険だったはず。ティグニス陛下が守ってくださったから今のテオがあり、だからこそお兄さまを大切に思っているのだろう。

「陛下と二人、騒乱《そうらん》の世を生《い》き抜《ぬ》いてきたテオですもの。お兄さまの力になりたくて鍛錬《たんれん》を重ねていたにもかかわらず、ここぞというところで頼ってもらえず、さぞかし悔《くや》しかったでしょう。わたくしにはわかります」

言葉を換《か》えて共感していることを告げると、テオはおずおずとしょげた。

「……宗教など、弱い者が縋るものだ。兄上はお強い。そんなものに頼らずともお一人で立てる」

「だから陛下が教団を頼った理由を探るため、入信を決意したのね」

テオが私をじっと見つめた。ふう、と諦めのため息を吐《つ》き、それと同時に全身の緊張を解く。

これ以上隠せないと悟り、開き直ることにしたようだ。隠すもなにも、ほとんど丸見えだったけれど。

「聖なる力というのはすごいな。何でもお見通しだ」

想像通り、策など練らなくてもテオの本心がわかった。とても簡単だった。

これ以上嘘を重ねなくてよくなったことに安堵《あんど》したのか、彼の表情が晴れやかに見える。

そんなにストレスになるなら、密偵行為《みっていこうい》などやめておけばよかったのに。

「テオは我々教団側がティグニス陛下を騙していると思うの？」

「え、違うのか？」

——そこはさすがに誤魔化《ごまか》しなさいよ！

キョトンとされたってこっちが困る。噴《ふ》き出しそうになるのを取り繕《とつくろ》い、私はいつもの聖女の微笑《びしょう》を浮《う》かべる。

「もちろん、違います。ティグニス陛下は賢《かしこ》いお方。騙そうとして騙せるお方ではないもの。そもそも、陛下の方から我々に接触してきたのよ？　教団側から働きかけは一切していないわ」

「そうか……。では、セルマ殿はなぜ兄上が教団を頼ったのだと思う？」

——私に聞かないでよ～！

テオよりも教団を頼った方が利になるとお思いになったのよ、とは可哀想《かわいそう》でさすがに言えない。代わりに、私はあることを提案する。

「わたくしも存じ上げません。でも、思うの。その謎《なぞ》は、あなた自身が解けばいいのではないかと。ティグニス陛下が何をお考えになり、なぜ教団を頼ったのか。ナミヤ教への見識を深めていけば、テオにもわかる時が来るのではないかしら」

「なるほど……それもそうか」

顎《あご》に指を当てうんうん、と頷くテオ。その様子を眺めながら、私の頭の中には聖女にあるまじき言葉が浮かんでいた。

——チョロい。

確かに彼はこっちが心配してしまうほど純粋だ。でも、そんなテオが本当に聖職者となってくれたなら、教団は大きな足掛《あしが》かりを得ることに繋がる。王族という身分に加え、この心の清らかさ。テオがいれば、レグルスレネト全土どころかもっと幅広《はばひろ》い地域でも、新たな層をとり込めるかもしれない。

テオはもはや私のことを正真正銘《しょうしんしょうめい》の聖女だと信じている。

王族を聖女付きにするなんて、面倒だと最初は思った。でも今は、案外悪くないかも、と内なる私が囁《ささや》いていた。

3

我々教団の日々の仕事はさまざまだ。津々浦々《つつうらうら》に足を運んで布教活動に勤《いそ》しんだり、炊《た》き出しやバザーなどを催《もよお》したり。教えを極《きわ》める修行《しゅぎょう》や、信者との対話も日々行われている。

それに加え、頻度《ひんど》は低いが悪魔祓《あくまばら》いも請《う》け負《お》っていた。

と言っても、それができるのは聖女、つまり私だけ。ナミヤ教三大聖典の一つ、『泉下の書』に悪魔祓いの方法が記されているが、読むことを許されているのが聖女に限られているからだ。

しかしながらこれまでに私が関わった悪魔祓いの中で、神話に描かれているような本物の悪魔に遭遇《そうぐう》したことはなかった。

悪魔憑《あくまつ》きとされる者は、自分に自信がなく落ち込みすぎたり、仕事のしすぎで心に疲労《ひろう》が溜《た》まっている者ばかりだ。中には、本人に自覚がないまま病に冒《おか》されている者もいる。

信者たちはみな、心身に不調を感じるとまずは神殿にやってくる。対話を通し落ち着くのならそれに越したことはないし、病が原因であれば適切な治療《ちりょう》にたどり着けるよう、我々聖職者が医師を紹介《しょうかい》する手筈《てはず》になっている。

ところが、信仰心《しんこうしん》の薄《うす》い者、信者でない者、あるいは症状《しょうじょう》の重い者はそもそも神殿へ寄り付かないので、なんとも関与《かんよ》が難しい。

そんな時こそ、悪魔祓いの出番である。

私たちは神殿だけではなく、悪魔憑きとされる人々のもとへ赴《おもむ》いての出張悪魔祓いも引き受けている。この場合、悪魔憑きは信者でなくても構わない。

することは基本的に対話と同じ。少々奇抜なパフォーマンスを見せながら、彼らがどんな問題を抱えているか探るのだ。

その結果、困っている人が助かり私は「病すら見抜く聖女」だと評判を上げることもできて、互いにとっていいことしかないのだ。

悪魔の存在が嘘か真《まこと》かなど関係ない。悪魔祓いを必要とする者がいる限り、私は求めに応じるだけ。

大事なのは彼らが楽になれること。だから私は真実に蓋をし、今日も聖女として悪魔祓いを行うのである。

「女神ヲウルはおっしゃった。我は天へ、闇《やみ》の眷属《けんぞく》は根の国へ。我らが間は人の世とし、永遠に見守り育もうと。闇の眷属に問う。ここは人が生きる世である。どうしてお前がここに在《あ》る。どうしてお前が人に住まう――」

今回の悪魔祓いの依頼者《いらいしゃ》は、ヲウル神殿の建つ山の麓の街、コルピピアに住むクヴァーン卿《きょう》。古くからの熱心な信者で前団長のアピオンさまとは個人的に親しい間柄で、彼が団長を退いた後も個人的に懇意《こんい》になさっているのだとか。

その縁《えん》で、ご令孫が悪魔憑きだから祓《はら》ってほしいと依頼を頂いたのだ。

ご令孫は十歳の少女。私や修道女が話しかけてみたものの、目はうつろで外的刺激《しげき》への反応が薄い。

――帰る前に、医師に診《み》てもらうことを勧《すす》めた方がよさそうね。

見たところ、心の不調というよりも、よくない病にかかっているように思えた。対話で治るものではなく、医学的な治療を必要としているということだ。

悪魔祓いは成功したが、悪魔による後遺症《こういしょう》を治すには医療に頼った方が早い。――と、そんなことを上手《うま》く告げてみよう。

悪魔祓い後のことを考えながら、私は最後の一節を口にする。

「女神ヲウルより委譲《いじょう》された聖なる力を行使し、お前をこの世から追放する。勇気を知れ。怖《こわ》さを知れ。万象《ばんしょう》を肯定する我らに幸《さち》あれ」

椅子《いす》に座った少女の背後に回り、小さな肩《かた》を優しく叩《たた》く。

これで悪魔が人の体から「出た」ことになる。みんなには見えないけれど、聖女の私にだけは見えているという設定だ。

——この後再度対話を試みてみよう。医療は私の領分じゃないけど、どこが悪いか少しでも手がかりが摑めたら……。

この時、私は完全に油断していた。私だけでなく修道女も修道騎士《きし》もテオでさえ、終わった気になっていた。

しかしここから「始まった」のである。

突然《とつぜん》、少女のうなじの辺りから黒い気体が噴《ふ》き出した。沸騰《ふっとう》したケトルから湯気が立ち上るような勢いに、私は危険を感じ後退《あとずさ》りする。

——これは……なに？　人間に蒸気の出る穴って、あった？

少女がくずおれ、椅子から落ちた。それと同時に彼女の側にいた修道女のロザリオが弾《はじ》け、精霊石が音を立てて散らばる。

黒いモヤは天井《てんじょう》付近を漂っていたが、やがて一つの塊《かたまり》となって床《ゆか》の上にドスンと落ちた。最初は潰《つぶ》れた球体で、徐々《じょじょ》に腕が生え頭が生え、何かの形になろうとしていた。

「なんて悍《おぞ》ましい姿！　まさか、こんな……化け物が現れるなんて。セルマさま、悪魔は本当にい——」

修道女の震《ふる》え声が途切《とぎ》れたのは、攻撃《こうげき》を受けたせいだった。軽い棒切れか何かのように、彼女の体が浮いたと思った瞬間《しゅんかん》には書棚《しょだな》に叩きつけられていた。

「セルマさまお下がりください、ここは我らが！」

三人の修道騎士が、剣《けん》を構え私をその背に庇《かば》ってくれた。頼《たの》もしいが、相手は未知の物体である。立ち向かって危険なのは彼らも一緒《いっしょ》だ。

――悪魔が実在した？　ならば今までの悪魔祓いで遭遇しなかったのはどうして？

――戦闘の邪魔になるくらいならここから離れた方がいい？　でも、その前に……。

私の足元には、少女が意識のない状態で倒《たお》れていた。目覚める気配はない。

私は床に膝をつき、彼女の腋《わき》に手を回した。力を入れ、必死になってソファの陰《かげ》へと引きずっていき身を隠す。

安堵している余裕《よゆう》はない。部屋の中央では悪魔が醜《みにく》い雄叫《おたけ》びを上げ、家具や壁に何かが強くぶつかる音が立て続けに響《ひび》いている。

恐る恐る確認すると、悪魔が立っているのが見えた。大きく黒く禍々《まがまが》しい体躯《たいく》と、鎌《かま》のような爪、背中に生えた大きな翼《つばさ》。

初めて見たにもかかわらず、私はそれが悪魔であると疑わなかった。あんなに恐ろしい異形のものが、人の世のものであるはずがないからだ。

三人いたはずの修道騎士は、全員気配が消えていた。あたりは静まり返り、悪魔の荒《あら》い息遣《いきづか》いだけが聞こえる。

部屋を見回せばすぐに見つかった。

砕《くだ》けた家具、凹《へこ》んだ壁。床に転がる彼らの顔には、血糊《ちのり》がべったりと付着している。ぴくりとも動かず、生きているのか死んでいるのかもわからない。

そして、惨状を目の当たりにして、恐怖《きょうふ》よりもまず先に、私は既視感《きしかん》を覚えた。

――遠い昔、これと似た場面に遭遇したような気がする。真っ赤になった人が、私の名を呼んでいた。

――夢で見た、黒く大きな体……。

ざわざわと心が揺れ動く。掻《か》き乱《みだ》される。それと同時に、記憶が繋がる。

――お父さん、お母さん。……私の両親は、悪魔のせいで死んだんだ。

頭の中の霧《きり》が晴れていくように、私は唐突に思い出した。

三歳の頃、ひとりぼっちだった私は貧民街《ひんみんがい》でエトルスクスさまに拾われた。これまで私は両親に捨てられたのだと思い込んでいた。でも、違った。

両親が私を捨てたのではない。悪魔だ。

悪魔が私の両親を殺し、生き残った私をわざと貧民街に捨てたんだ――。

ソファを挟《はさ》んだ向こう側では、悪魔が鋭《するど》い爪を振り回し、攻撃相手を探している。姿を見せたら最後、たちどころに襲《おそ》ってくるだろう。

にもかかわらず、私は今にも笑い出しそうだった。緊迫《きんぱく》した状況の最中《さなか》、場違《ばちが》いな歓喜《かんき》がこみ上げていた。

――家族を悪魔に殺されたなんて、あり得る？　……現にあり得てる。信じたくないけど。

この気持ちが肉親を奪《うば》われた純粋な怒《いか》りかと問われると、少しだけ違和感《いわかん》がある。そこはかとない悲しみに、変えられない過去への諦め。きっと自分の心を守るためだろうが、今まで忘れていたことへの悔しさ、罪悪感。様々な感情が共存していて、一言ではとても言い表しようがなかった。

ただ、それ以上に嬉しかった。

私は両親に捨てられていないどころか、両親に愛されていたことを思い出したからだ。

幸いなことに私は聖女で、時折悪魔祓いの依頼がくる。それを一つ一つ当たっていけば、いつか私の両親を殺した悪魔にも相まみえることができるかもしれない。

こんな窮地《きゅうち》にあって、私はまるで力が漲《みなぎ》るかのように高揚《こうよう》するのを抑《おさ》えられなかった。

――向こうが先に手を出したのよ。いいわ、やってやる。手当《てあ》たり次第に悪魔を倒して、人の世にいられなくしてやる。

私のように悪魔によって大切なものを奪われる人が現れないように。

それと、理不尽に命を奪われた両親への弔《とむら》い――仇討《かたきう》ちのために。

私は決意し、強く歯を食いしばった。この震えは恐怖ではない、武者震《むしゃぶる》いなのだと己に言い聞かせながら。

ところが決意して早々、一つの問題に行き当たる。私にできるのは、人と悪魔を分離《ぶんり》するところまで。悪魔を倒す方法については、実のところ知識がない。

泉下の書にも「力で倒す」としか書かれていなかった。物理的な「力」が効かないのは修道騎士がやられたことで明らかだし、もしも「力」が「聖なる力」を指すのだとしたら、それを持たない私では太刀《たち》打《う》ちできないことになる。

「セルマ殿、指示を出してくれ。この後はどうし……なぜ笑っているんだ？」

思案する私に、テオが悪魔の死角から声をかけてきた。彼は最初に吹き飛ばされた修道女を介抱《かいほう》していたため、悪魔に気付かれていなかったみたいだ。

私の表情がさぞかし不気味だったのだろう。テオは口元を引《ひ》き攣《つ》らせ、胡乱《うろん》な視線を私に向ける。

私は急ぎ頬《ほお》を引き締め、いつもの口調と声色《こわいろ》を意識する。

「案ずる必要はないわ。大丈夫《だいじょうぶ》よ、わたくしたちなら切り抜けられる」

笑《え》みを誤魔化すためにそう言ってみたものの、無策。わかるのは、隠れていても何も解決しないことくらい。

「切り抜けるとは、どのように……？　セルマ殿、このままでは危険すぎる」

具体的な解決策を急ぎ求められているのは理解する。不安な気持ちも理解するけど、長身で体格もいい彼にこうもガッツリ頼られては、正直ちょっと暑苦しい。

部屋の中央には悪魔。すでに臨戦態勢で、攻撃を仕掛《しか》けても間違《まちが》いなく反撃《はんげき》されてしまうだろう。

負傷者多数、動けるのは私とテオだけ……。

「セルマ殿っ、早く何か、案を！」

私の横に待機しながら、テオが返答を待っていた。家具に身を隠しつつ、すぐそばまで来たようだ。

どうやって切り抜ければいいか。その答えは、いまだ私の中にない。でも、これ以上はテオも悪魔も待ってくれない。

「わたくしの言う通りにすれば、必ずやみな助かるでしょう」

「言う通りとは？　一体どうすれば――」

平常心を装《よそお》いながら、私はしとやかに告げる。

「逃げるのよ」

「……逃げ？　い、いや……は？　何を言っているんだ、仲間を置いて逃げるなど……おい、待て！」

みなまで言わせず立ち上がり、勢いのまま最も近い扉《とびら》へと駆けた。テオが反射的に私を追うが、動きに気づいた悪魔もまた、私たちを追おうとする。

「セルマ殿！　なぜ――」

「話は後で聞くから、まずは口より足を動かしましょうね？ でないと、悪魔が追って……きゃっ！」

廊下《ろうか》に飛び出して数秒も経たないうちに、ドンッという音とともに枠材《わくざい》の一部が破壊《はかい》される。悪魔がテオの後を追い扉から出ようとしたが、体がつっかえて止まったみたいだ。

代わりに、長く硬そうな腕だけがにゅっと廊下に現れた。

儀式《ぎしき》用の法衣《ほうえ》というのはどうしても嵩張《かさば》り動きにくい。私のそれは聖女用の特別仕様となっていて、特にふわふわしていた。そのせいで悪魔に掴《つか》まれてしまうが、布が薄かったおかげで裂《さ》けて悪魔の手からこぼれた。

この機に乗じて私は再び走り出す。

「テオ、こっち！ ついてきて」

屋敷《やしき》の廊下を駆け、突き当たりを曲がったところで手近なドアノブを回した。幸いにも施錠《せじょう》されておらず、私たちは身を隠すべくその部屋へとなだれ込んだ。

扉、窓、暖炉《だんろ》、テーブル。位置関係を確認しながら、心を落ち着けるため深呼吸する。

一方、テオはこの「逃げる」という行動に納得がいっていないみたいだ。気色ばみ、ありえないと抗議《こうぎ》する。

「セルマ殿、なぜ一人で逃げようとする⁉ 仲間は？ 悪魔は？ あの娘《むすめ》は？ 聖女だろう、ここぞとばかりに聖なる力でなんとかするのがそなたの仕事ではないのかっ⁉」

聖女。

女神から聖なる力を託《たく》された娘。

人の心や未来を読み、人には見えないものを感じ、人には聞こえないものを聞いて、信者を正しい道に導く存在。

「そうよ、わたくしは聖女……」

誰にもバレてはいけない。アピオンさまやエトルスクスさまでさえ、私には聖なる力があると信じているのだから。

「早く力を使ってくれ。あの黒いやつはこの世のものではない。だから修道騎士では倒せなかったのだ。きっと、――『聖なる力』ならば！　セルマ殿の持つ『聖なる力』でなくては！」

テオがナミヤ教に抱いていた疑問や不信感を解消させたのは私だ。でも、放っておいた方がよかったかもしれない。こんなにも私に盲信的《もうしんてき》になられるのも困りものだ。

「援護《えんご》はする。何でも言ってくれ。早くっ！」

――ああ、その汚《けが》れのない眼差し。勇気溢《あふ》れる頼もしい言葉。

嘘には慣れていたはずの私が、珍しく焦燥《しょうそう》し、さらにはテオに追い詰められていた。

廊下には、悪魔の気配。重い体を引きずる音が、少しずつ近づいている。

「あらかじめクヴァーン邸《てい》の者を全員退避《たいひ》させておいて正解だったな。だが、あれが屋外に出たら更《さら》なる問題に繋がる。その前に――」

「ないのよ」

「セルマ殿？　すまない、何がないと……？」

「わたくし――いえ、私、本当は聖なる力なんて持ってないの」

これ以上、隠し通すことは不可能。切羽詰まった結果、私は開き直ることにした。

隠し続けたところで悪魔を倒せないのだからどうしようもない。だから私は早々に見切りをつけ、自分の口から正直に告げたわけである。

「は？　……ない？　いや、あるぞ。いつも使っていただろう」

だというのに、テオは信じようとしない。

たしかにこれまで「ない」ものを「ある」ように見せかけていたのだから、テオの気持ちも少しはわかる。彼には悪いことをした。

「人の心を読むのは私の特技であって、聖なる力ではないの。あの子から悪魔を追い出せたのは、聖典に手順が載っていたから。でも、その先については〝力で倒す〟という記述だけで、どうやったら倒せるのか、実は私も知らない。そもそも、悪魔が実在するとも思ってなかったし」

厳しい状況は続いていた。せめて何か、聖なる力以外で悪魔に効果てき面な武器のヒントでもあればいいのに。

テオは驚きすぎるあまり、金魚みたいに口をパクパク動かした。

「いや、……待っ………、本気で⁉　本当に、聖なる力を持っていないのか⁉　ならばなぜ、初対面の人間の性格や隠しごとがわかるんだ！　俺のことも言い当てただろう⁉」

「別に特別なことじゃないわ、洞察力や推理力を活かしてそれっぽく言っただけよ。それよりもテオ、悪魔がすぐそこまで来てる」

「それっぽく……？　いや、待て、俺……待て……、信じかけていたんだが⁉」

テオの驚きももっともだが、彼の相手をしている場合ではない。

「静かにして。せっかくこうして隠れているのに、悪魔に気づかれると面倒な――」

忠告しようとした時点で、すでに手遅《ておく》れだった。廊下に面した壁がぶち抜かれ、悪魔が姿を現したのだ。

私は咄嗟《とっさ》に脱出《だっしゅつ》経路を考える。悪魔の位置からして窓を使うしかなさそうだが、鍵を開けている間に攻撃されてはひとたまりもない。我々を追い屋外へ悪魔が飛び出しても、今度は外が危険になる。

それにここは三階。無事に飛び降りられるとも限らない。

ふと思い出し、私は胸にあるロザリオに目を落とした。聖典に登場する悪魔が相手であるならば、同じく聖典に登場する精霊石に聖なる力が宿っていても不思議じゃない。これを投擲《とうてき》してみれば、あるいは。

――とりあえず、やらないよりは見込みがある……？　留め具を外し、ロザリオを持つ。振りかぶって投げようとした時、テオが私の一歩前へと歩み出た。

「えっ……？　危険よ、下がった方が――」

「俺は逃げない。逃げたいなら、好きにしろ」

腰の剣に手を掛《か》け構え、悪魔を睨《にら》みつけながらテオが宣言した。

弱点不明の難敵にも立ち向かえる勇敢さは彼のいいところだけど、今はそれを発揮すべき時ではない。完全に空気が読めない男のそれだ。

「あのね、ちょっと提案があるんだけど！　ロザリオで――」

悪魔が牙《きば》を剝《む》いた。大きな口は四方に裂け、赤黒い汁《しる》を撒《ま》き散《ち》らし、頭が割れそうな雄叫びとともに黒い腕をテオへと向ける。

ヒュッと空気が唸《うな》る音。目では追い切れない悪魔の腕。

対するテオも動いた。悪魔との距離を詰めながら、鞘《さや》から剣を抜き――。

突如《とつじょ》部屋が光に包まれた。光の出どころはテオの剣だ。白く暖かく、まばゆい。

あまりの眩《まぶ》しさに私は目を閉じた。ハッとしてすぐに開くが、チカチカとしてよく見えない。

何度も瞬きを繰《く》り返《かえ》し、私の目が再び機能し始めた頃には、二者の勝敗は決していた。

勝ったのは、テオ。悪魔は消えていた。正確には、消えていく途中。胴体《どうたい》はすでになく、首と、灰の積もった床の上に脚《あし》が残っているのみ。私が見つめている間にも崩壊《ほうかい》は進んでいき、やがて全てが灰となった。

――どういうこと？　悪魔を倒した？　テオが？　……なぜ？

テオの手には、いまだ淡く光を放つ剣があった。

「テオ……今のは何？　説明してくれないかしら」

私の問いかけに、テオがゆるやかに振り返った。その表情の、狼狽《うろた》えぶりと言ったら。

「さっき、女が……女神……あれが、女神ヲウル？　俺に力を授けると……。夢か？」

何かを捜しているかのように、テオは視線を宙《ちゅう》に泳がせる。そしてまた、呟く。

「女神が……『救ってくれ』？　俺が、なぜ……？」

「それってつまり、天啓《てんけい》を授けられたってこと？　テオは女神ヲウルに聖なる力を与えられたと……？」

私は聖女と呼ばれながらもその実、神を信じていなかった。厳密には、どうでもよかった。

神を信じることで元気になれる人は信じたらいいし、必要なければ信じなくてもいい。実際に関わることは不可能な存在なのだから、各々《おのおの》が自分に都合よく解釈《かいしゃく》すればいいと思っていた。

しかしこの状況では、そうも言っていられない。悪魔はいたし、奇跡の力を私も目の当たりにしたのだ。

剣は発光を終えていた。テオもそれに気づいたのか、ぼうっとしながら剣を鞘に戻す。

「ちょっと失礼するわね」

「あ？　セ、おい、セルマ⁉」

私はテオにツカツカと近寄り、短いマントを勢いよく剝《は》ぎ取った。中の服に手を伸《の》ばし、燕尾ベストとシャツのボタンを上から順に外していく。

テオが一般的な輔祭と同じ祭服を着用していたなら、もっと簡単に脱《ぬ》がせることができていた。彼の場合は王族だから、輔祭のマントさえ羽織ればその下には何を着てもいいと特別な許可が与えられている。だからベストだのシャツだの、面倒臭《めんどうくさ》いことこの上ない。

「え？　え？　ちょ……え⁉　セルマ、何を――」

「暴れないで。天啓が本当なら、聖痕が体のどこかに浮き出ているかも。私はそれを確認したいだけ」

テオの女性恐怖症は、教団の暮らしでずいぶんと落ち着いていた。当然だ、みな真面目な信徒ばかりで、テオに色目を使う者なんていないのだから。

もちろん、私だってそんなものを使う予定はない。

私の大胆《だいたん》な行動にテオは顔を青くしたが、理由を聞くと「ああ……」と呟き、とりあえず納得してくれた。

「わ、わかった、自分で脱ぐから」

彼が背を向けたので、私はあっさりと離《はな》れた。聖痕の有無《うむ》は本人としても気になるところだったのだろう。

しばらくして、テオからアッという声が上がる。

「あった。これが……聖痕か？」

テオの聖痕は左胸の上にあった。私の左手の甲にあるのとよく似た、×印の傷痕《きずあと》だ。目の色は今更虹色《にじいろ》には変わらないだろうから、それはそれでいいとして、これでテオに聖なる力が授けられたということになる。……のだろう。

「つまり、私じゃなくてテオの方が真の聖女……ならぬ、『聖男《せいおとこ》』だったということ？」

「俺が、女神から聖なる力を……。信じられないが、結論を言えばそういうことなのだろうな。ただ、『聖男《せいおとこ》』は語呂《ごろ》が悪すぎて不快だ」

「それは私も思った。ごめん」

——私に聖なる力はない。でも、テオにはある。ということは……。

私はまたにやけそうになったけれど、それよりも先にすべきことがある。

「テオは服を直して。その間に人を呼んでくるわ。まずは怪我人《けがにん》を運び出して手当てしてもらわなければ」

「待て」

少女や仲間を残してきた部屋へ戻るため廊下に出ようとした私を、テオが引き止めた。

「おまえは先ほど、『聖なる力は持っていない』と言ったな。どういうことだ？」

テオの口調が硬くなった。「そなた」という二人称《ににんしょう》も「おまえ」に格下げされたし、以前よりも刺々《とげとげ》しさを感じる。

目を瞑っておいてほしかったけれど、仕方がない。ここまで来て誤魔化そうとするのは不自然だ。

「……どうということもないわ。聞いてのとおりよ」

肩をすくめ両手を上げて白旗のサインを送ると、テオがぎこちなく口元を歪《ゆが》めた。

「残念だったな。悪魔が現れさえしなければ、ネタバラシの必要もなく俺を騙し続けられたのに」

私に皮肉をぶつけるやいなや、テオがぷいっと顔を背けた。腰に手を当てため息をつき、悔しそうに吐き捨てる。

「セルマの正体を見抜けなかった自分自身にも反吐《へど》が出る。ナミヤ教団の悪事を暴《あば》くため潜入《せんにゅう》したにもかかわらず、あわや取り込まれそうになって……。兄上の目を覚ますどころか、これでは俺まで居眠《いねむ》りしていたようなものだ」

私の名への敬称が消えた。

当然ながら、それくらいで傷ついたりしない。今、私が一番気がかりなのは、テオが自身を責めていることだ。

「教団のみんなも誰一人疑わないくらい、私の演技は完璧《かんぺき》なんだもの。だからテオ、あなたは悪くないわ」

「詐欺師の分際で俺を慰《なぐさ》めようとするな！」

テオがカッとなって言い返したが、私も引くつもりはない。

「詐欺師とは失礼じゃない？　私には聖なる力がないだけで、それを除けばかなり質のいい聖女だと自負しているのだけど」

「ほ、おまえはとんだ厚顔無恥《こうがんむち》だな……！　聖なる力がないのなら、信者たちに語った言葉も全てが嘘だということだろうが。嘘つきが聖女の名を騙《かた》るなどっ」

テオは私が嘘をついたという事実が許せないのだろう。聖女であるなら清廉《せいれん》潔白であるべきだと。でも、私の知ったことではない。

「私はただ、彼らが欲《ほっ》するものをあげただけ。私の言葉で彼らが救われるのなら、誰に何と言われようとこれからも喜んで嘘をつくわ」

テオにテオなりのルールがあるのと同じように、私には私のルールがあり、私はそれを守っているだけ。これからも曲げるつもりはない。

逆にテオに問う。

「真実が必ずしもその人のためになるとは限らない。私は信者を支えたいだけよ。誰かを救うための嘘の、何がいけないと言うの？」

「そっ、それは──」

予想どおりテオが言い淀《よど》んだので、髪を耳にかけ気合いを入れ、ここぞとばかりに畳《たた》みかける。

「教団も私も間違ったことはしていない。困っている人を助け、悪魔を祓い、世界平和に貢献《こうけん》している。だからこそ、ティグニス陛下も我々を頼ってくださったのよ」

テオがナミヤ教に入信した理由は、敬愛する兄がなぜ教団を頼ったのか探るため。教団が言葉巧《たく》みにティグニス陛下を騙したのだと、テオは思いたいのだ。

「ち、違う。あの兄上が宗教なんかに傾倒《けいとう》するわけがない！」

「そうね、傾倒まではしていない。宗教を利用なさっただけ」

「…………っ」

テオはさぞかし私に幻滅《げんめつ》しただろう。私に誤りを認めさせ、謝罪の言葉を引き出そうとしていた。他方で彼は、私の嘘を見抜けなかった自分自身に失望している。

ここで私が体《てい》よく謝ったとしても、テオが抱える自責の念はこの先ずっと残るだろう。

私はテオに自分を責めないでほしかった。だからその気持ちを私への怒りに変えようと、あえて彼の神経を逆撫《さかな》でする言葉を選んだのだ。

「俺はこの数ヶ月間、何件もの対話を見て、セルマが本物の聖女だと確信した。セルマを疑う俺の方がどうかしていたと恥じもした。……だが、どうかしていたのはおまえだ。聖なる力もないくせに、聖女だと偽《いつわ》るなど！」

私は高らかに笑った。

我ながら、悪役令嬢《れいじょう》みたいだと思える高飛車な笑い声になった。

「勝手に信じておいて、何を。なら聞くけれど、聖なる力を持たなければ、どれだけ人を助けても聖女にはなれないの？　そもそも聖女って？」

「自分で考えろ。俺はおまえを聖女とは認めない」

「あなたに認められずとも結構。私は聖女を続けるわ」

ことごとくテオの気に障《さわ》る言葉を返した。そのうちテオは諦めて、うんざりした表情で短いため息を吐いた。

「……もういいセルマ、終わりだ。悪いのは教団ではない、おまえだ。詐欺師だとバラさないでほしければ、今のうちに俺に懇願《こんがん》することだな。それを俺が聞き入れるかは別だが」

女神はどうして私に聖なる力を授けてくださらなかったのだろうか。……なんて、今更考えたって意味のないことだけど。

なんちゃって悪魔祓いではなく、本物の悪魔祓いをするためには、聖なる力、つまりテオの協力が必須《ひっす》だ。正義感溢れる彼のことだ、誠心誠意謝ればきっと手伝ってくれただろう。

でも、私はそんな真似しない。

「テオ、待って」

私を置いて出て行こうとする彼に声をかけると、足を止めてくれた。しかし振り向こう

とはしないので、その背に忠告することにする。

「私が偽物の聖女だとのたまうのはやめた方がいい。あなたにとって不利益となる」

「………俺の不利益？　おまえ、何を――」

テオが怪訝《けげん》な表情で振り返った。私は腰に手を当て、見下すように顎を上げる。

「言いふらしたいなら、どうぞ？　私は別に困らない。ただ、あなたが困ることになるの

よ。私ではなく、あなたが」

テオは悪魔《あくま》を倒せる唯一《ゆいいつ》の存在だ。だからこの言葉の選択《せんたく》は合っている。

2章……聖女の現在過去未来

1

『見ぃつけた。ずっと捜していたけれど、こんなところにいたんだね。さあ、次はお嬢《じょう》ちゃんの番。かくれんぼだ、隠《かく》れている僕を見つけるんだよ。たくさんの恐怖と苦しみを味わうといい。お嬢ちゃんがどんな大人に成長するのか、楽しみにしているからね。どっちにしろ、僕はお嬢ちゃんを――』

どれだけうなされていようとも、夢から覚めればたちまち曖昧《あいまい》になった。悪夢だったとは覚えているものの、内容も登場人物も、朧《おぼろ》げにしか思い出すことができなかった。

しかし過去の記憶《きおく》が甦《よみがえ》ったと同時に、悪夢も細部まで鮮明《せんめい》に甦った。

真っ赤な目、耳まで裂《さ》けた大きな口には鋭《するど》い歯が幾重《いくえ》にも並び、狼《おおかみ》のように長いマズル、天井《てんじょう》にぶつかりそうなほどの背丈《せたけ》、そして背中にはコウモリのそれに似た翼《つばさ》。

あの悪魔《あくま》は私の両親を殺したばかりか、幾度《いくど》となく私の夢に現れていたのだ。また、記憶が戻《もど》ったといっても、幼かったせいか両親の記憶は断片的《だんぺんてき》。しかも楽しいものはとても少ない。一方で、強烈《きょうれつ》なのは両親が殺された場面だ。

あの日、母は夕飯の支度《したく》をしていて、私は父と遊んでいた。家の呼び鈴が鳴り、扉を開けたのは父だった。

父はすぐに戻ってきた。私の横を通りすぎ一人キッチンへと向かうと、母が使っていた包丁を取った。そして、次の瞬間ためらいもせずそれを母の胸に突き立てたのだ。

私は何が起こったのかわからず、固まったまま眺めていた。何度も何度も刺されながら、母は私に訴《うった》えた。逃げて、と。口から血を溢《こぼ》しながら、声にならない声で。

じきに母が動かなくなると、父は笑顔で私を見た。次はお前だ、と言われた気がした。

しかし父の体に異変が生じた。首の後ろから、黒い煙が噴《ふ》き出したのだ。――そう、悪魔だ。

悪魔が出たからか、父は正気に戻った。楽しげで恍惚《こうこつ》とした表情はみるみるうちに絶望へと変わり、母の血で染まった手で顔を覆《おお》い悲鳴を上げた。

どうして。なぜ。

父は悪魔に乗っ取られ、母を殺した。その父も、すぐに悪魔に殺された。

そうしてあの悪魔は、両親を殺し私だけを生かし、かくれんぼを強要したのだ。

今ならわかる。

人間界には女神《めがみ》の力が及《およ》んでいるから、悪魔はそのままの姿を長く保つことができない。人間の弱い部分に潜《ひそ》み――、だからかくれんぼなのだ。

両親を助けることはできなかったけれど、せめてもの弔《とむら》いとして仇《かたき》を討《う》ってあげたい。それと同じくらい、大切な人を奪《うば》われる悲しみを、誰《だれ》にも味わわせたくない。全て奪われた私だからこそ、そう強く願ってしまう。

――でも、「見ぃつけた」とはどういうこと？　「次はお嬢ちゃんの番」？　あの悪魔は何を言おうとしていたの？

人ならざるもの。人智《じんち》を超《こ》えた力を持つもの。

謎《なぞ》は多い。でも、悪魔祓《あくまばら》いを続けていけば、きっと謎は解けていく。私が仇とする悪魔にも、出くわす日が必ず来るはずだ。

ヲウル神殿《しんでん》へ戻る馬車の中、私の正面にはぶすくれたテオが座っていた。口をへの字に曲げ腕組《うでぐ》みをし、目を瞑《つぶ》ったまま沈黙《ちんもく》している。

私にとって今日は衝撃《しょうげき》の一日となったが、それは彼にとっても同じだろう。

――聖なる力を与《あた》えられるって、どんな感じなんだろう。女神との会話では何を言われたの？　何を喋《しゃべ》ったの？　……もっと詳《くわ》しく聞きたかった。

――あの時、テオの剣《けん》が光っていたのも聖なる力のおかげ？　それとも剣も特別な……

たとえば、『聖剣』になったの？

気になることは多々あれど、今のテオに質問を投げてみたところで答えてくれるとは思えない。テオに嫌《きら》われようとしてあえて煽《あお》ることを言ったけれど、もう少しやりようがあったのでは……と私は少しだけ後悔《こうかい》した。


コルピピアを発《た》つ前に早馬を送ったおかげで、私とテオが戻るころには事態が神殿へ伝わっていた。正門には担架《たんか》を抱《かか》えた救急班が待機していたが、私はそれを断り、馬車を降りるなり団長室へと赴《おもむ》いた。

「セルマよ、一体何があったのだ！　悪魔が現れたと聞いたが……どういうことだ⁉」

エトルスクスさまは慌《あわ》てて私に駆《か》け寄《よ》ると、かぶりつくようにおっしゃった。

私は微笑《ほほえ》み、何事もなかったかのように答える。

「どう、とおっしゃいましてもエトルスクスさま。悪魔祓いをしていたのですから、悪魔が現れるのは当然のことでございましょう？」

悪魔祓いをしている教団の団長が、悪魔の存在を否定するのはおかしい。私も、「初めて見た」などと口が裂けても言ってはならないのだ。

体面を保つため丁寧《ていねい》にフォローすると、エトルスクスさまはハッとしてバツが悪《わる》そうに口籠《くちごも》った。私は胸をなで下ろし、満を持して辻褄合《つじつま》わせの説明に入る。

「ただ、これまで見てきた悪魔と比べてとても手強《てごわ》い悪魔でした。そのせいで儀式《ぎしき》に手こずり、わたくしとテオを除く者が負傷してしまいました。ご令孫を含《ふく》むクヴァーン家の方々はご無事ですが、同行した者たちは現地の診療所《しんりょうじょ》にて治療《ちりょう》を受けています」

エトルスクスさまが神妙《しんみょう》な面持《おもも》ちでお尋ねになる。

「それで、悪魔は今どこに？」

「消滅《しょうめつ》し、灰となりました。クヴァーン邸《てい》の一室に不自然に積もっている灰の山がそれです。わたくしとともにいたテオにもお聞きになってください」

テオに話を振《ふ》ってみると、不満そうだが無言で頷《うなず》き肯定《こうてい》の意を示した。

それを見て、エトルスクスさまは禿《は》げ上《あ》がった頭に手を当てた。はあ、と吐《つ》いたため息が震《ふる》えている。

「そんな……そうか……。念《ねん》の為《ため》、手当てを受けている者たちにも事情を聞いてみねば。ああ、いや、セルマやテオフィルス殿下を疑っているわけではないのだが」

「ええ。わたくしとしても、しっかり検証していただきたいです。これからの悪魔祓いをどのようにするか、改めて考える必要がありますもの」

人の配置、鎧《よろい》、武器、神具。次にまた同じようなことがあった時、少しでも安全に悪魔を倒《たお》せるよう態勢を整えなければならない。

私はそう考えていたが、エトルスクスさまは少し違《ちが》った。

「アピオンさまにご報告と、各神殿に触《ふ》れも出そう。幹部会も開かなければ。あとは何が必要か……」

アピオンさまは御歳《おんとし》九十。教団の誰よりもナミヤ教に詳しいが、三ヶ月前に引退され、現在はロェ神殿にてひっそりと女神に祈《いの》りを捧《ささ》げる生活を送っておられる。

彼にもいずれ報告する必要があるだろう。でも、急ぐことではないはずだ。

「アピオンさまは余生を謳歌《おうか》されていますわ。あまりお心を煩《わずら》わせない方がよいかと。それよりエトルスクスさま、悪魔祓いは当然今後も続けてまいりますので」

「セルマ……ほ、本気か？　安全が保障できるまでは、一旦《いったん》――」

「いいえ」

悪魔祓いは中止。――と、エトルスクスさまは言おうとしていた。

聖典に描かれているような悪魔が実在したなど、にわかに信じられない気持ちはわかる。けれど、ようやくかつての記憶を取り戻した私としては、何としてもこの機を逃《のが》すわけにはいかなかった。

「わたくしは今日、普段《ふだん》祓《はら》っているよりも格上の悪魔を目《ま》の当《あ》たりにして、その邪悪《じゃあく》さともたらす害を再認識《さいにんしき》いたしました。悪魔の支配から解放されたご令孫は、意識が戻ってまず泣きました。体の自由が一切利《き》かず、怖かったと。そして今この時も、彼女のように悪魔に苦しめられている者がいるに違いありません。わたくしは聖女として、彼らを放っておくことはできません」

私の提案に真っ先に反応したのは、エトルスクスさまではなくその横にいる神官のラーシュだった。

「なんと素晴《すば》らしいお考えでしょうか！　わたしはセルマさまに賛同いたします。微力《びりょく》ながらこのラーシュ、ご助力させていただきたく！　セルマさまの聖なるお力を、今発揮しなくていつ発揮するというのですっ！」

ラーシュとは、多くの神官を輩出《はいしゅつ》してきた家の生まれで、彼自身若くして神官の叙階《じょかい》を受けたエリートである。言葉遣《ことばづか》いも仕草も美しく、神官らしいすらりとした体に真っ白な祭服がよく似合う。

癖《くせ》のないサラサラな黒髪《くろかみ》を頭の後ろで一つに束ね、視力の悪さを補うのは細いフレームの質素な眼鏡。シンプルで飾《かざ》りっ気のないところが、彼がどれだけ真面目な性格かを物語っていた。

「ありがとうラーシュ。とても心強いわ」

私のそばでテオがひっそり呆《あき》れていた。彼は私の秘密を知っているから、「無能のくせに、どの口が言うのだ」とでも考えているのだろう。

私はラーシュの後押《あとお》しを受け、自信満々に頷く。

「エトルスクスさま、ええ、もちろんです。わたくしを信じて下さるなら、喜んで」

「セルマ……私はまだ何も言っておらんぞ」

その表情と諦《あきら》めたような口振《くちぶ》りは、私の読みが当たった証拠《しょうこ》だ。

「要するに、エトルスクスさまはわたくしに悪魔祓いをしてみせてほしいのでしょう？　悪魔と、それをわたくしが倒すところを実際にその目でご覧になりたいと」

「また勝手に心を読んだな……。今更《いまさら》どうしようもないことだが、毎度心臓に悪い」

エトルスクスさまは私を聖女だと信じ、私が起こす奇跡《きせき》まがいの数々を聖なる力のおかげだと信じている。だから、聖なる力の存在も信じている。

ところが、悪魔の存在については半信半疑のご様子だ。

だけど悪魔は存在する。私の両親を殺し、私を捨てた悪魔のことを、私は絶対に放置したりなどしない。

とはいえ私に過去を打ち明けるつもりはないので、百聞は一見にしかず。幹部の目の前で悪魔祓いをすることにしたのであった。

「よくあんなにも、ペラペラと口が回るものだな。今回の悪魔はいつもとは異なり、たまたま強い悪魔だったと？　だから負傷者が出たと？　……よく言う、力を持たない分際で」

エトルスクスさまへの報告が終わり、執務室へ戻った途端《とたん》、テオが私を皮肉った。その顔には冷笑《れいしょう》が浮《う》かんでいたが、私はわざと喜んでみせた。

「ありがとう。やっぱり日頃《ひごろ》の行いがいいから、みんな私を信じてくれるのね。信頼《しんらい》って大事〜」

「褒《ほ》めてない！」

私の発言がどうとかこうとか、テオと反省会をするつもりはない。考えるべきはこの先のことだ。

悪魔祓いをやってみせましょうと言ったものの、そもそも本物の悪魔憑《あくまつ》きか、病気による不調かどうか、私では見分けることができないのだ。

——テオなら見分けることができるのかしら？　そういう能力も聖なる力の一部ならいいんだけど……。

テオとの戯《たわむ》れもそこそこに、私は着替《きが》えることにした。

鏡の前に立ち全身を確認《かくにん》してみると、背中が大きく破れていた。悪魔の爪《つめ》に引き裂かれたところだ。

法衣《ほうえ》だけだからよかったものの、もしもその爪が体に届いていたならば、命があったかわからない。今更ながらその事実に、私は密《ひそ》かに恐怖《きょうふ》を覚えた。

「それはそうとセルマ、どうしておまえは自らすすんで悪魔祓いを引き受ける？　何かあったらどうする気だ、大した力もないくせに」

テオはソファに陣取《じんど》って、鏡の前に立つ私に背を向けたまま遠慮《えんりょ》なく疑問を投げてきた。しかしその声色《こわいろ》は意外にも、私をばかにしているというよりも心配している印象を受ける。数時間前には詐欺師《さぎし》だなんだと罵倒《ばとう》していたくせに、随分《ずいぶん》と優《やさ》しいことである。

「悪魔をやっつけるためよ。あんな危険な化け物を放置しちゃダメだってことくらい、テオだってわかっているでしょう？　教団は常に弱い人々の味方よ」

「それでは答えになってない。まず、どうやって悪魔を見つけるつもりだ？　倒す以前におまえに悪魔憑きを見抜《みぬ》く力があるのか？」

真面目だ。言い出しっぺの私の方が本気じゃないと思えてくるくらいに。

「ないけど、なんとかなるわよ。大丈夫《だいじょうぶ》、いつまでに見つけなければならないという期限はないもの」

私は破れた法衣を脱《ぬ》いだ。薄《うす》い外套《がいとう》みたいなものなので下にちゃんと祭服を着ているから、脱いだところで肌《はだ》が見えるわけでもない。

「期限がなくとも、そう長く団長を待たせるわけにもいかないだろう」

装身具類を日常使い用に交換し、これで着替えは終わり。用済みの法衣をくしゃっと丸め、私もテオに対面して座る。

「心配してくれてありがとう。勝手に期待した挙げ句、私が理想の聖女ではなかったからと散々罵《ののし》った割に、ずいぶん親身になってくれるじゃないの」

テオが眉《まゆ》をピクリと動かした。私の嫌味に気づくのだから、頭の回転が悪いわけではなさそうだ。

「俺は真実を言っているだけだ。息をするように嘘をつくセルマとは違う」

「テオだって、間諜《かんちょう》の技術を磨《みが》いてから教団に乗り込めばよかったのに。思い込みと勢いだけで飛び出すからいけないのよ」

私がさも見てきたかのように告げると、テオがウッと怯《ひる》んだ。その隙《すき》に説明を加える。

「言っておくけど、嘘をついているのは教団の中では私だけ。教団に裏なんてないから。ティグニス陛下《へいか》との裏黒い繋《つな》がりもない。陛下はナミヤ教の力を借りた方が早く国が落ち着くとお思いになったから、我々に協力を仰いだだけ」

陛下は情勢をよく把握《はあく》しておられた。

迷走《めいそう》する女王に早々に見切りをつけた国民は、王家ではなくリミヤ教を尊敬し、心を向けるようになっていた。彼は教団の力と勢いを利用し、教団と共闘《きょうとう》することで王家の信頼を回復させた。「女王はダメだったが、次の王は国民感情に理解がある」と思わせることに成功したのだ。

「テオは功を焦《あせ》りすぎよ。落ち着いて、もっと周囲をよく見るの」

──ティグニス陛下の役に立ちたい、というテオの純粋《じゅんすい》な気持ちはよくわかる。でも、悪魔祓いにもあれこれ口を挟もうとするのは、もはやそれだけではないような……。

頬杖《ほおづえ》をつきながら私がじっと見つめていると、テオがふいっと顔を逸《そ》らした。

「……心を読むな」

「読まれたくないならいっそ先に喋っちゃえば？」

人を信じやすくて、女性恐怖症《きょうふしょう》で、正義感に溢《あふ》れていて、お兄さまのことを大切に思っていて……。それ以外にこの人は、どんなものを抱《かか》えているのだろう。

生《お》い立《た》ち、トラウマ、幸せな記憶。あの女王のそばで、何を経験してきたのか。

「ところでテオは王宮には帰らないの？　私の正体を知ったのだから、早く帰って陛下にバラしたらいいのに。……それとも、帰れない理由があるの？　王宮には居場所がないとか、味方がいないとか？　もしかして、潜入《せんにゅう》調査のはずだったのに教団が居心地《いごこち》よくなっちゃったとか？」

選択肢《せんたくし》を提示しながら、私はテオの表情を探《さぐ》った。最も反応したのは三つ目で、その次が一つ目。二つ目は違うみたいだ。

──王宮に味方はいるけれど、教団の方が居心地がよく、帰れない理由がある……。

──そうよね。ここにはテオを「王弟」というシンボルとして扱《あつか》う人はいないもの。

テオが私をギロリと睨《にら》む。

「……おまえ、本当にいい性格をしているぞ。詐欺師だと俺にバレてから、言葉遣いも適当になった」

お互《たが》い様よ、と思いながら、私はふと疑問に感じたことを尋ねる。

「女神ヲウルはどうしてテオに聖なる力を授《さず》けたのかしら？　私に授けて下さっていれば、私は完璧《かんぺき》な聖女になれたのに」

力を授ける相手として私が選ばれなかったのには、意味があるのか、ないのか。入信したてのテオが選ばれたのには、意味があるのか、ないのか。

「……おまえみたいな人格破綻者《はたんしゃ》には、多分……あれだ、任せられなかったのだろうな」

その返答を聞いて、私は薄ら笑いを浮かべた。

「ほら。やっぱりテオは嘘が下手」

どぎまぎして視線を泳がせ始めるあたり、本当にわかりやすすぎる。

テオはきっと自分が女神に選ばれた理由を知っている。でも、私には言いたくないのだ。もしくは、言えない何かが――。

「その上から目線をやめろ。詐欺師のくせに、態度がでかすぎる。聖なる力を持たない無能が偉《えら》ぶるな」

「私には人の心が読める。悪魔祓いの儀式もできる。私が儀式をしない限り、テオは悪魔に手出しできない。それとも、人間ごと中に潜んでいる悪魔を斬《き》るつもり？」

対等な立場だと分かってほしかったけれど、テオには伝わらなかったようだ。彼は腹を立て、忌《い》ま忌《い》ましそうにため息を吐いた。

「素直《すなお》に俺を頼《たよ》るのならば協力しないこともなかったが、決めた。俺は一切《いっさい》おまえにだけは手を貸さない。知らないからな。助けないからな！」

——あ、これは俗《ぞく》にいう、図星からくる負け犬の遠吠《とおぼ》えね。

わざわざ「手を貸さない」「知らない」「助けない」と三度に亘《わた》り念押しするあたり、私に縋《すが》り付《つ》いてほしい気配がプンプンする。ついでに、私のことを心配してくれている気配も。気持ちよく加勢したいから、テオは私から縋りつく言葉を引き出したいのだ。

でも残念、私が素直に「助けて」と言うわけがない。

はいはい、と澄《す》ました顔であしらいながら、案じてくれる気持ちだけありがたく受け取っておいた。

2

以前読んだ六代前の聖女フィデスの日記には、悪魔と交戦したことが記されていた。けれどもどうやって悪魔憑きを見つけたのか、細かく書かれてはいなかった。そもそも、悪魔と戦うなど信じられず、フィデスが空想を日記に交ぜたのでは？　と当時の私は考えたものだ。

聖女フィデスの日記が本当だったとしたら。全ての聖女がそうではないものの、聖女の中には聖なる力を持つ者もいて、本当の意味での悪魔祓いを行っていたのだとしたら。

とはいえ、私には力がないし、フィデスより以前に書かれた記録もなし。さてどうやって本物の悪魔憑きを見つけるか……。

「セルマ。おい、セルマ」

あれこれ考えながら廊下《ろうか》を歩いていたところ、テオが私に囁《ささや》いた。いつにない緊迫《きんぱく》した声にびっくりして振り返ると、彼は顔を青くして廊下の向こうを凝視《ぎょうし》していた。

「テオ？　どうしたの？」

「悪魔憑きだ」

「え？」

テオの視線の先にいたのは、困り顔の修道女と、これまた困り顔の外部の商人。修道女は当然ながら、商人も見たことのある顔だ。

ここら周辺の神殿に出入りする、馴染《なじ》みのお茶商人である。ナミヤ教では食事とともにお茶を嗜《たしな》む習慣があり、休憩《きゅうけい》時にもお茶、信者や客をもてなす時にも酒よりお茶をふるまうので、お茶関連の取引も多く商人が頻繁《ひんぱん》に出入りしていた。

聞き耳を立てるに、注文した茶葉に異なる銘柄《めいがら》の茶葉が雑《ま》じっていたとかなんとか。しかも一度ではないとのことで、修道女が商人に苦情を伝えている。

「あの男だ。あいつに、悪魔が憑《つ》いている」

「どうしてわかるの？　間違《まちが》いない？」

「間違いない。顔が、こう……歪《ゆが》んで見える。力のおかげなのだろうが、よくない感じがする。他とは明らかに違う」

前回の悪魔祓いから、十日も経《た》っていなかった。テオにはどうやら悪魔憑きを見分ける力があるようだ。

私が聖女となって以来十三年、幾度となく悪魔祓いをしてきたのに、本物の悪魔に遭遇《そうぐう》したのは先日が初めて。にもかかわらず、こんなに早く次の悪魔憑きが見つかるなんて。

もちろんテオはくだらない嘘をつく人ではないし、演技にも見えない。

むしろ私は喜んだ。テオの力は悪魔を倒すだけでなく、見つけることにも使えるとわかったのだから。

「なるほど。では、エトルスクスさまに報告をして、早急《さっきゅう》に悪魔祓いに取《と》り掛《か》かりましょうか」

聖女用の祭服である詰襟《つめえり》のワンピースの上に、ゆったりとした長い法衣を重ねる。頭には普段《ふだん》使いのものよりも見栄《みば》えするヘッドティカを載《の》せ、着々と準備を整えていく。

ゴテゴテでふわふわで動きにくいことこの上ないが、催し物《もよおもの》は形から入るのが重要だ。

私はナミヤ教のシンボル的存在だから、特に。

ところが、テオがとてもソワソワしている。不機嫌《ふきげん》でもある。

「本当に悪魔祓いをする気か？　聖なる力を持たないおまえに悪魔を倒せるわけがないのに？」

「倒せるわ、まあ見ててよ」

全身鏡の前で着衣にズレやねじれがないか確認しながら、私は話半分で豪語した。その態度がまた、テオにはもどかしいようだ。

「本気で言っているのか？　あの男は間違いなく悪魔憑きだ。セルマだって悪魔の凶悪な姿を見ただろう、おまえに何とかできる範疇《はんちゅう》を超えている」

テオの言うとおり、結局のところ聖なる力がないのだから悪魔なんて倒せない。テオが天啓《てんけい》を受けたように私にも天啓が降りてくればいいけれど、不確かなものをこの段階で当てにすることはできない。

全てわかったうえで私はテオに微笑んだ。

「心配してくれてありがとう。本心では私を助けたくて仕方ないから、そうやってソワついているのよね。あなたの気持ち、ありがたくいただくわ」

「……ま、まさか！　誰がっ！　勝手なことを言うな、俺がおまえのことなど心配するものか！　この……性格が悪い……性悪《しょうわる》め！」

テオが慌てて否定するとともに、私に精一杯《せいいっぱい》の悪口を送った。が、普段から言い慣れていないゆえか、語彙《ごい》が貧相《ひんそう》だ。

「二十五点。模範回答としては『自意識過剰《かじょう》もいい加減にしろ、自惚《うぬぼ》れがゆえに全人類の信頼を失い、最期《さいご》は寂《さび》しく一人で死ね』みたいな感じじゃね。どう？」

「そこまでは思っていないのだが……」

私の辛口《からくち》評定と求めているレベルの高さにテオが戸惑《とまど》っている。素直な男だ。

「とっとにかく、絶対に、今日は手を貸さない。立ち会うことは立ち会うが、絶対に俺は何もしないからな！」

「はいはい、了解《りょうかい》よ」

テオが欲《ほ》しい言葉は言わない。「ごめんなさい、本当はあなたの助けが必要なの！」なんて、そもそも私のキャラじゃない。

そして、このように思い通りにいかないところがテオには面白《おもしろ》くないのだろう。

「せいぜい化けの皮を剝《は》がされろ。面《つら》の皮の分厚いセルマには一枚くらい痛《いた》くも痒《かゆ》くもないだろう？」

「そうね、ひと皮剝《む》けて新しい自分に出会えるいい機会だわ」

今の嫌味《いやみ》は五十点くらいあげてもいいが、私の相手としてはまだ物足りない。

「くっ……ああ言えばこう言う」

支度《したく》を終えた私とテオは神殿の地下にある瑠璃《るり》の間《ま》へと向かった。

ここはずっと昔から悪魔祓いに使用されていた部屋である。窓がない代わりにランプの灯《あか》りが多すぎるくらい設けてあり、広めかつ天井高めの部屋に設計されている。

お茶売りの男性はすでにいた。白銀の鎧に身を包んだ修道騎士《きし》に左右と背後を固められ、さらに彼自身暴れたのか、椅子《いす》に縛《しば》り付けられていた。

少し離《はな》れた位置に、エトルスクスさまとラーシュをはじめとする教団幹部が数名。補助・救護係の修道女も待機している。私とテオが入室すると、待ってましたと言わんばかりにみんなが一斉《いっせい》にこちらを見た。

全員が全員、どことなく不安げだ。馴染みの商人のことを突然「悪魔憑きだ」などと言い出したものだから、戸惑いが隠せないでいるのだ。

「お待たせいたしました。早速《さっそく》、悪魔祓いを行います。危険ですので離れていてくださいね。……では、聖水を」

私はテオにエトルスクスさまの隣《となり》で待機しているよう命じ、修道女から聖水の入った小さな瓶《びん》を受け取った。

——大丈夫、私ならできる。

心を落ち着けるため、私は深呼吸をした。その間にお茶売りが口を挟《はさ》む。

「聖女さま、一体何が始まるんです？　俺はただの商人です。少し注文を間違えただけの、極めて善良な人間です！」

普通の人は自らを「善良な人間」とは言わない。

喚《わめ》く彼の周囲に聖水を撒《ま》き、魔除《まよ》けとなるハーブを散らす。手順はいつもと変わらない。

「そうかわかったぞ、ミスを口実に俺を拷問《ごうもん》する気なんだろう！　教団は恐ろしい人殺し集団だ！　帰らせてくれ、今すぐこれを解いてくれ！」

クヴァーン卿《きょう》のご令孫は悪魔祓いの最中にこんなふうに取り乱したりしなかった。悪魔の個体差だろうか。

あまりの違いようにわずかに面食らったが、この男が悪魔憑きだとするテオの言葉を、私は変わらず信じていた。

「女神ヲウルはおっしゃった。我は天へ、闇《やみ》の眷属《けんぞく》は根の国へ――」

「やめろ！　うるさい！　誰か、助けてくれっ」

椅子を揺《ゆ》らし暴れ、縄を切って逃《に》げようとするので、修道騎士が数人がかりで彼の体を押さえつける。

この頃《ころ》になると、当初は懐疑的《かいぎてき》だった者も全員、男の異常さに釘付《くぎづ》けになっていた。目をひん剝《む》いて涎《よだれ》を垂らし、喉《のど》の奥からつぶれた声で唸《うな》っている。その男を、誰が正常だと思えようか。

「――女神ヲウルより委譲《いじょう》された聖なる力を行使し、お前をこの世から追放する。勇気を知れ。怖《こわ》さを知れ。万象《ばんしょう》を肯定する我らに――」

「やめろと言っているのが聞こえないか！　うるさいうるさい、せっかく体が馴染んだところだったのに！　貴様のせいで台無しだ、まず貴様から殺してやる‼」

今にも噛《か》みついてきそうな男の肩《かた》に、私はポン、と手を置いた。そして最後の引導を渡す。

「――幸《さち》あれ」

瞬間《しゅんかん》、こと切れたように男はガクリと首を垂れ、そのまま動かなくなった。そしてすぐ、剝き出しになったうなじから黒い蒸気が音を立てて噴《ふ》き出す。

エトルスクスさまがか弱い女の子のようにラーシュの袖《そで》に縋り付いているのを後目《しりめ》に、私は改めて、テオの力を確信していた。

――やっぱりお茶売りは悪魔憑きだった。それを見分けられるテオは、確実に聖なる力を授かっている。本物だ。本物の、聖《せい》……えっと、聖男《せいだん》？

他にいい名詞がないのが辛《つら》い。

私はちらりとテオを窺《うかが》う。すると容易《たやす》く目が合った。

ほら、悪魔が現れたぞ。どうするつもりだ。俺の力が必要なのではないのか？　――と、口パクで私を煽っている。

あれだけ何度も手を貸さないと言い張っていたくせに、読みどおりテオはこの状況を放っておけないらしい。私は口元を緩《ゆる》め、「ありがとう」と呟《つぶや》いた。それから顔を引《ひ》き締《し》めて、修道騎士に指示を出す。

「あの黒いモヤはやがて集まり、固まって悪魔となり我々に攻撃《こうげき》をしかけてくるでしょう。だからそれまでにお茶売りの彼を安全な場所へ運んであげて。もう彼は大丈夫」

クヴァーン家のご令孫も、悪魔が抜《ぬ》けたあとは普通《ふつう》の女の子へと戻った。もっとも、しばらくは気を失っていたけれど。

時間がないので急いでテオのもとへと駆け寄り、私は彼の正面に立った。

テオは勝利を確信したのだろう。私が自らの過《あやま》ちを認め、「お願い、力を貸して」と乞《こ》うと思ったはずだ。

「当然の判断だな。セルマ、とっとと俺を――」

頼っておけばよかったんだ。――と言おうとしたかは定《さだ》かではないが、その先を私は言わせなかった。

キスで、彼の口を塞《ふさ》いだからだ。

襟元《えりもと》に手を掛け引っ張って、届きそうな位置になったら背伸《せの》びをして、一気に。

むにゅ、という柔《やわ》らかい感触《かんしょく》。自分に似て非なる体温。

これが私のファーストキスだが、好きでもない相手に捧げることに惜しいとは思わない。恋よりも聖女業が大事だったし、そもそも業務上のキス。言ってしまえば経験の数に入れなくもいい部類の行為なのだ。

一方、テオが固まっているのは当然として、その場に居合わせキスの瞬間を目撃《もくげき》したエトルスクスさまたちも、みんな揃《そろ》って静かになった。説明を後回しにしたのだから無理もない。

そろそろいいか、と唇《くちびる》を離し、愕然《がくぜん》としている彼に優しく微笑んだ。

「テオフィルス・アンヘル・オルサーク。たった今、『祝福の接吻《せっぷん》』により、わたくしに宿る聖なる力をあなたに託《たく》しました。どうやら、悪魔と人を引き剝がすだけでかなりの力を消耗《しょうもう》するようです。ここより討伐《とうばつ》は剣術《けんじゅつ》に優《すぐ》れたあなたに託します。どうか、……っ、わたくしの代わりに、悪魔を……──」

消え入るような声を最後に、私は昏倒《こんとう》した。……正確には、昏倒するフリ、だ。

「セルマっ⁉」

聖女を完璧に演じるためなら多少の痛みは厭《いと》わない。臨場感を出すために顔面から床《ゆか》に倒れ込んでみたけれど、ありがたいことにテオが抱《だ》きとめてくれる。

「セルマ、おい待て、おっおま、今、俺に何をした⁉」

いくら呼び掛けられたとて、演技真っ最中の私が反応するわけがない。

「起きろよ、卑怯《ひきょう》だぞ‼　セル――」

言いかけて、止まった。私は目を瞑っており見えていないため推測するに、周囲との温度差、食い違いに気づいたのだろう。

「ちっ違います！　団長、セルマは俺にっ」

「心得ておりますテオフィルス殿下。セルマはあなたさまに聖なる力を分け与えた。力《ちから》尽《つ》きたセルマに代わり、あなたさまがその力で悪魔を浄化《じょうか》なさってくださいませ！」

エトルスクスさまが素晴らしい援護射撃《えんごしゃげき》をしてくださったおかげで、テオの逃げ場がなくなった。

そろそろ悪魔の形が整った頃だ。動作確認をするように、翼を動かす音が聞こえる。この様子ではいつ攻撃が始まってもおかしくはなく、テオが言い訳をする猶予《ゆうよ》もないはずだ。

もちろん私は何もしない。そもそもできない。ここから先に関して、私はテオの言う「無能」というやつなのだから。

「……わかった。わかったよ。やればいいのだろう、やれば！」

テオとしては、悪魔を倒せるのは自分だけだとわかっていたから、最終的にはなんだかんだと私を助けるつもりだったのだと思う。でも、私が泣きつくのを期待していただろうから、このような形で無理やり協力させられるのは、酷《ひど》く心外のはずだ。

テオはエトルスクスさまに私の身柄《みがら》をポイッと預けると、素早《すばや》い足取りで悪魔との距離《きょり》を詰《つ》めていった。

こういう時にいつまでもぐちぐち言わない潔《いさぎよ》さは、テオの長所だ。軽快な足音が響《ひび》くと同時に剣と鞘《さや》が擦《こす》れる音が聞こえ、瞼越《まぶたご》しに剣から放たれる暖かな光を感じた。

「せっかく人の世に来たのに！　どうして俺がっ、話が違う、ファリエルさま――」

悪魔の台詞《せりふ》が途中《とちゅう》で切れ、代わりに見学者たちからワッと歓声が上がった。それを聞いて、テオが悪魔を斬ったのだと悟《さと》る。

この目で悪魔がやられるところを見たかったけれど、私は意識を失っている設定なので我慢《がまん》した。

ただ、疑問は残る。

――『話が違う』とは？　『ファリエルさま』って、誰？

エトルスクスさまたちが興奮し私とテオを称賛《しょうさん》しているのを聞きながら、私はひとり新たな謎に頭を支配されていた。

3

「いい加減、起きろセルマ」

ヲウル神殿最上階、聖女の私室まで私を運んでくれたのはテオだった。六十過ぎのエト

ルスクスさまには部屋へ続く階段がきつく、代わりに、聖女付きで体力もあり余っている
テオが有無《うむ》を言わせず運搬《うんぱん》役にさせられた。

彼は私が狸寝入《たぬきねい》りを決め込んでいることに気づいていたにもかかわらず、二人きりに
なるまで私を起こさずにいてくれた。

思いやりなのか、頼まれたら断れないだけなのかはわからない。でも、テオのおかげで
私が起きていることを誰にも疑われずに済んだ。

「セルマ、わかっているんだぞ」

テオが再度声を掛けた。

──ずっと目覚めないままだったら、テオはどうするんだろう。

急にいたずら心が湧《わ》いた。

「どうせ起きているのだろう？　……セルマ？　そうだよな？　……おい、まさか、本当に気を失って……？」

「ふふっ」

わかりやすく不安になっているテオの声を聞いたら、耐《た》え切れず噴き出してしまった。

そっと目を開くと、怒《いか》りに震えるテオが見えた。

彼は勢いに任せて立ち上がり、その拍子《ひょうし》に椅子が倒れる。

「セルマ……ふざけすぎだぞ、最低だ、度を越えてる！」

私は寝台《しんだい》から体を起こし、気色ばんで私を見下ろす彼の顔を見上げた。

「とんでもない、最高よ。誰にも危険が及ぶことなく悪魔祓いが無事に終わった。その上、エトルスクスさまたちも悪魔の醜悪《しゅうあく》さを認識できたはず。これからは意欲的に悪魔祓いを引き受けることになる。つまり、助かる人が増えるということ。これ以上、何を不満に思う必要が？」

私はテオが納得《なっとく》していないことも重々承知していた。それを無視せざるを得ないのが少し申し訳ないけれど。

「おまえは俺を利用した！　せめて素直に『力を貸してほしい』と言ってくれればまだ話は違ったものを、頭も下げず、俺を動かざるを得ない状況《じょうきょう》に追い込んだ！　挙げ句、おまえのくだらない嘘に加担させるなどっ！」

テオの言うとおり、私は卑怯なことをした。

おそらく、過去を含めて私が正直に打ち明けたら、テオならきっと同情し、親身になって協力してくれたに違いない。でも、私はそれが嫌《いや》だった。無関係なテオに、無駄《むだ》な使命感を背負ってほしくなかったのだ。

「テオが私を聖女だと認めないのが悪いのよ。私は何としてでも、テオに協力してもらう必要があった。そのために、手段を選ばなかっただけよ」

言わばこれは両親を殺された私の個人的な事情。失敗しても悔《くや》しく思うのは私だけで十分。むしろテオは私怨《しえん》なんて一切知らないままでいい。

だからこそ、テオが同情しないように、私は彼に嫌々手伝わせる道を選んだのだ。

そんな思惑《おもわく》など知《し》る由《よし》もなく、テオは視線を外すとほんのり頰《ほお》を赤らめた。

「そうだとしても、あれはない！　あんな、あんな真似《まね》をっ」

「……『あんな』っていうのは、キスをしたこと？」

その単語を出した途端、彼の肩がビクリと跳《は》ねた。

「そ、そうだ。まさか、おまえも他の女たちと一緒《いっしょ》だったなんてな。俺が王族で王弟だから、俺の地位に目が眩《くら》み――」

「は？」

「え？」

話が逸れたのはよかったけれど、逸れすぎ。脱線《だっせん》が酷い。

「何言ってんの、あなたこそ、あの時ちゃんと起きてた？　まさか、あのキスを色仕掛《いろじか》けか何かだとでも思ったわけ？」

「セル――」

「そんなわけないでしょう！　あれは『祝福の接吻』。私に聖なる力がないことを隠したまま悪魔祓いをするためのおためごかし。単なる儀式なのよ、信者たちが私の手《て》の甲《こう》に口付けするのと同じこと。過敏《かびん》になる方がどうかしてる」

単なる儀式、というところを強調して告げたことを、テオは気づいてくれただろうか。

多分気づいた。目を丸くして、「ハッ!」と息を吸ったから大丈夫だ。

「そうか。それなら……いや、儀式だとしても、俺はもうこれ以上協力しない。詐欺師に加担するなどまっぴらだ」

詐欺師という評価は訂正《ていせい》したいけれど、収拾がつかなくなるので今回は放っておく。

私はじっとテオを見つめ、声を落として意味深に告げる。

「それは不可能よ。あなたの選択肢は全部私が奪っておいたから」

「……何の話だ」

テオの眉間《みけん》に皺《しわ》が寄った。

「逆に聞くけど、テオはこれからどうするつもりなの? 私が詐欺師だと吹聴《ふいちょう》する? 今度こそ王宮に戻ってお兄さまに報告する?」

「ああ、もちろんだ。おまえ自身が白状した通り、聖女セルマは力を持たないただの人間だと広めてやる。もっと早くそうしていればよかったがな!」

彼は王族だ。その権力を以《もっ》てすれば、人々に噂《うわさ》をばら撒くのも容易《たやす》いことだろう。

しかし私だってこの国に浸透《しんとう》している宗教の聖女であり、そこそこの有名人だ。どちらかといえばテオよりも私の方が民衆に近く、影響力《えいきょうりょく》もあるだろう。

寝台から足を下ろし、立ち上がる。テオより頭一つ背は低いが、詰め寄ると彼の方が怯み後ずさった。

「テオ、よく考えてみて。今や教団の力は広く国の内外に及び、私は世間に聖女だと認められている。ここであなたがそれを否定し、王弟である自分こそが聖なる力を持っていると宣言したら、どうなると思う？」

「ど、どうなるとは――」

目が泳ぎ、動揺《どうよう》しているあたり、私の勝利は確定したようなものだ。でも、ここで追及《ついきゅう》を止めるわけにもいかないので、好きに畳《たた》みかけさせてもらう。

「人々は思うわ、『聖なる力があるのならなぜ、世の混迷期《こんめいき》に王族としてその力を使ってくれなかったのか？』とね。最近天啓が降りてきたと事情を説明してみたところで、都合が良すぎると疑われるわ。それにテオは私と違って人の心を読むことができない。どんなに真実を語ろうとも、あなたが嘘つき扱いされる。嘘つきで、聖女セルマが築いた名声を横取りしようとする強欲人《ごうよくにん》だ――と」

あのテレシアさまが母親という点も、彼には不利に働くだろう。親は選べないのだから、彼には可哀想《かわいそう》なことだけど。

「じ、実際に俺一人で悪魔を倒してみせれば――」

「人の体から悪魔を追い出す方法も知らないのに？」

「…………っ」

悪魔と人間を分離《ぶんり》するには泉下の書を読む必要があるが、閲覧《えつらん》を許されているのは聖女だけ。保管場所も禁書庫の最奥《さいおう》、特殊《とくしゅ》な鍵《かぎ》と許可がないと入れない。

つまり、私がテオを必要としているように、テオにも私が必要なのだ。二人いないと悪魔祓いは成立しないということだ。

「ティグニス陛下としても、国民からボロクソに貶《けな》される弟がいるってどうなのかしら。もしかしたら、テオのせいで肩身《かたみ》が狭《せま》い思いをすることになる……かも？」

私の嘘を黙認《もくにん》するか、兄とともに後ろ指を指されるか。

この二択《にたく》は、二択の形をした一択《いったく》だ。兄思いのテオには後者を選ぶことはできない。絶対に。

「テオ、もう一度言うわ。あなたに、選択権《せんたくけん》は、ないの。……わかる？」

言葉一つ一つを言い含めるように、私はゆっくりと説き伏せた。

テオは動かない。目の前の空《くう》を見つめたまま。握《にぎ》りしめた手には力が入っており、ギリギリと音が聞こえてきそうだった。

彼が怒《おこ》るのは想定内。弄《もてあそ》び、怒らせているのが私であることも、当然自覚している。

テオは一度目を伏《ふ》せて、深呼吸してから私を見た。透《す》き通《とお》った空色の瞳《ひとみ》が、わずかに潤《うる》んで血走っている。

——覚悟《かくご》はしていたけど、憎《にく》しみを向けられるのは嫌な気分ね……。

でも仕方ない。これが最善の方法なのだ。人を怒らせる嘘は、できればこれで最後にしたいものだ。

「俺に嘘をつけというのか？　聖女から力を分け与えられ、その力で悪魔を倒したと……嘘を」

「そんなこと言ってない。テオは嘘をつかなくていい。ただ、真実を話せとも言っていないだけ」

曲がったことが大嫌《だいきら》いで正しくあろうと奮闘するテオを、私みたいな嘘つきに仕立てたくはなかった。そもそも彼の下手な嘘などすぐにバレるに決まっている。

私の屁理屈《へりくつ》をテオが鼻で笑う。

「黙《だま》っていろということか」

「簡単に言えば、そうね」

テオが再び目を伏せた。私はそこで、彼が覚悟を決めたことを悟る。

「……それで？　セルマは俺に何を望む？」

脱力《だつりょく》した腕《うで》と、顔面の筋肉。私に対する友好的な感情は彼から完全に消えていた。失望されたことに胸がチクリと痛んだが、私への評価なんてどうでもいい。

「私と一緒に悪魔祓いをして。悪魔をぶちのめし、取り憑かれた人を救うのよ」

――まずはあの悪魔を見つけて、ボコボコにしたい。私の人生を歪めたあの悪魔を。

……テオじゃなきゃボコボコにはできないんだけど。

「救う？　悪魔が一体何をしたんだ？　今日倒した悪魔も、何か悪いことをしたのか？　神話上の悪魔は邪悪な存在だが、現実でもそうとは限らないだろう？」

「そうとは限るのよ。まず、ここは人間の領域。悪魔がいていい場所ではない。悪魔は人間に取り憑き、操り、精神を食らうと言われている。そんな状態を見過ごしていいわけがないでしょう？」

わかりやすくて大きな実害がない限り、理解するのは難しいのかもしれない。私の両親のことはこの場合参考例としてふさわしいのだろうが、伏せた。

「悪魔の全体数は？　終わりはあるのか？」

私は首を振る。

「さぁ。具体的な数は知らない。でも、見つけ次第《しだい》全部よ。手当《てあ》たり次第、根こそぎ悪魔を灰にする。私の一生を懸《か》けてもいい」

語調がわずかに強くなったのに気づいたのは、言ってしまった後だった。でも、テオは別段気にした様子もなく頷いた。

「わかった。俺も苦しむ者は放っておけない。協力してやる。……だがその代わり、一つ条件がある」

おや、と私は目を見張る。と同時に、どんな無理難題がふっかけられるかと身構えた。

「これから俺が質問したことには、全て正直に答えろ」

「もちろんいいわ。……いいけど、それだけ？」

「それだけだ」

想像以上に簡単な交換《こうかん》条件に落ち着いて、私は拍子抜《ひょうしぬ》けしてしまった。気を取り直して笑顔《えがお》を作り、テオに右手を差し出した。

「了解したわ。テオの質問には全て正直に答える。だから改めて、よろしく」

テオが私の手を握り返し、やや投げやりにブンブン振ってまた離れた。

——なんだかんだ言って、テオは懐《ふところ》が深いのよね。ずるい手で協力させられたのに、結局は悪魔に憑かれた人のことが気がかりなのよ。こういうところが私とは違う。だから女神さまもテオをお選びになったのかしら。

倒した椅子を起こし座り直してから、テオが早速私に問う。

「ではまず聞くが、どうして悪魔を全て退治したいんだ？」

「答えたくない」

はあ？　という声が上がった。

「おいセルマ……さっき『正直に答える』と約束したばかりだろう。いきなり破るなよ」

「破ってない。『答えたくない』って正直に答えたもの」

言葉遊びは私の十八番《おはこ》。しれっと言ってのけたあと、呆気《あっけ》に取られているテオを置いて私は団長室へ向かった。

4

それからしばらく、平穏な日々が続いた。テオが悪魔を見つけた気配もないし、悪魔祓いの申し込みもない。

復讐《ふくしゅう》計画がいきなり頓挫《とんざ》しそうなのはまずいけれど、私も忙《いそが》しい聖女なのだ。決まった時間に起床《きしょう》し、祈りを捧げ朝食を取り、信者と対話し時々布教にも出かけて……。

そんな折、クヴァーン邸での悪魔祓いで負傷した者が帰ってきた。

「ヘレーナ、エイギル、お帰りなさい！　あなたたちが元気になるのをずっと待っていたのよ」

再会は実に二ヶ月ぶりのこと。残りの修道騎士二名は怪我《けが》が比較的《ひかくてき》軽かったおかげですぐに神殿に戻っていたが、この二人は傷が深かったせいで復帰するのにかなりの時間を要してしまった。

修道騎士のエイギルに至ってはいまだ全快とはいかず、松葉杖《まつばづえ》が手放せないようだ。

ちなみに、あの時の少女は勉強に遊びにと毎日活動的に過ごしているらしい。取り憑かれた影響も見られず、心から安心しているところだ。

「ようやく戻ってこれました。長らく心配をおかけして、申し訳ございませんでした」

事件が起こる前と変わらない笑顔をヘレーナは私に向けてくれたが、どうしても同じようには笑えない。

「いいえ、謝らないで。わたくしの方こそ、あなたたちを守れなくてごめんなさい」

悪魔の攻撃を想定して、鎧を着用させておけばよかった。ヘレーナももっと早く下がらせていれば。

どれもこれも、油断していた私のせい。今更だが、後悔ばかりが頭をよぎる。そんな私の謝罪を、ヘレーナが慌てて否定する。

「とんでもない！　セルマさまは悪魔を倒してくださったではありませんか！」

追随《ついずい》するように、エイギルも。

「そうです！　俺は修道騎士としてセルマさまをお守りする立場だったのに、あなたさまの盾《たて》にすらなれなかった。あの時、セルマさまが悪魔を部屋の外へ誘導《ゆうどう》してくださらなかったら、我々は悪魔によって殺されていたことでしょう。心から感謝しているのです」

私は首を振った。

「偶然《ぐうぜん》よ。わたくしもあんなに手強い悪魔は初めてで、手こずってしまったから。とにかく、こうしてまたともに笑いあえる日がやってきたことを、心から嬉《うれ》しく思います」

後悔だらけの失敗談を褒められるのは本意ではない。元気な二人に会えたことだし、この話はこれで終わりと私は解散を促した。

「セルマさま、俺を使ってください！　次は絶対にセルマさまを守ってみせます！」

じゃあまた、と言い終わらないうちに、エイギルが叫《さけ》んだ。力強い申し出だ。ありがたいけれど、私は断らなくてはならない。

「……エイギル、その頼《たの》みは聞けません。体も本調子ではないでしょうし――」

「治ります！　こんな怪我、すぐによくなる！」

エイギルは反発し、聞き入れようとしない。しかし私が手に触れた途端、彼は息を呑《の》んだ。

「わたくしに隠そうとしても無駄。足の怪我のことだけではないわ。右手に力が入らないことを、自分でもわかっているのでしょう？　もう、剣を握れないのだと」

エイギルは私の六つ上だ。私が教団に引き取られたのと同じ年に入信し、修道騎士としての道を歩み始めた。

いわば兄、いわば同志である。その彼の目が、みるみる潤んでいく。

「でも、俺は、セルマさまをお助けするためなら、この命など惜《お》しくないっ！」

「いいえ、ダメ。わたくしは惜しい。エイギルの命もヘレーナの命も、すべての命が惜しいです。絶対に、何があっても、もう二度と悪魔などには奪わせない」

両親のことが頭に浮かぶ。私のせいで、また誰かが同じ目に遭ったら……。

——いいえ、誰も死なせない。私がみんなを守るのよ。

エイギルにつられて一瞬だけ弱気になりかけた。不安を呑み込み、深呼吸する。

「我々の仕事は悪魔祓いだけではありません。剣が握れなくなっても、あなたにできることはたくさんある。わたくしの役に立ちたいなら、こんなところで死のうとしないで」

私は微笑み、エイギルを抱きしめた。修道騎士として生きてきたのに、剣を手放さねばならなくなった無念さを思うと、胸がひどく痛む。

唇を噛み泣き声を押し殺《ころ》す彼をヨシヨシと慰《なぐさ》めながら、私は背後から注がれるテオの視線に謎の気まずさを感じていた。

エイギルを落ち着かせた後、休憩室を出て執務室へ戻る途中、いてもたってもいられなくなって私は足を止めテオの方を振り返った。

渡り廊下の途中、傾《かたむ》いた陽がオレンジ色に周囲を染め、テオの金色の髪《かみ》がいつもより濃《こ》く輝《かがや》いて見える。

しかし今の私には、それを綺麗《きれい》だとか言って見惚《みと》れるだけの余裕《よゆう》はない。沈黙したままひたすらじーっと視線を送ってくるテオに、モヤモヤさせられているからだ。

「見すぎ。言いたいことがあるならハッキリ言って。そんなに私がみんなから慕《した》われていることが不満？　王族でも貴族でもないのに、どうして～？　って叫《さけ》び声《ごえ》が聞こえるんだけど」

「お、俺はそんなこと言っていない」

「顔に書いてあるのよ」

建前なんてどうでもいいから、と私が面倒臭《めんどうくさ》そうに催促《さいそく》すると、俯《うつむ》きながらテオがぽつぽつと喋りだす。

「真実に勝《まさ》るものはないはずだ。おまえは嘘で塗《ぬ》り固めたような存在なのに、なぜこうも受け入れられているのかがわからない。……詐欺師なのに」

──また出た、「詐欺師」。

周囲に人の気配がないのを確認してから、私は腰《こし》に手を当てて深いため息を吐いた。

「いい加減、私のことを『詐欺師』って言うのやめてくれない？　信者から金品を騙《だま》し取ってもいないし、する予定もない。聖女として、私のやり方で困っている人を支えているだけよ。これだけ全て明かしているのに、まだ私を疑うの？」

「な、なん……」

「相手のためにならない嘘は私だって使わない。だからみんな私を慕ってくれているのだと思うのだけど、わかる？」

私の剣幕《けんまく》に押され、テオが一歩下がった。

「それはすまない。…………いや、違う、今の謝罪は何でもないっ、ナシだ！」

勢いに負けてテオが私に謝った。しかしすぐ我に返り、取り消そうとする。

私が彼に色々と負担をかけているのは事実だ。だから私が謝ることは多々あれど、彼が謝る必要はない。……と、彼もすぐに思い出したようだ。

慌てるテオを見ていたら、先ほどのモヤモヤはどこかへ吹き飛んでいった。それどころかおかしくなって、私はわざと意地悪を言う。

「テオの謝罪は受け取ったわ。ちなみに返品しないから。もう二度と詐欺師だなんて呼ばないでね、約束よ」

テオといると我ながら性格が悪くなる気がする。テオの反応が面白すぎるのがいけない。

「この……。腹が立つ女だ、どこが聖女だ、真逆ではないか。ほら、あの……じゃ、邪女《じゃじょ》だっ」

「はい、二十点。せめて『悪女』という言葉を使いましょう」

「…………」

私はテオに背を向けて、再び廊下を歩き出した。そのタイミングでまた声がかかる。

「どうしてセルマは聖女にこだわる？」

「こだわっているように見えた？　もしもそうならお門違《かどちが》い。私の特技と『聖女』の相《あい》性《しょう》がいいから続けているだけよ。拾って下さったエトルスクスさまや、かわいがって下さったアピオンさまへ恩返しもできるし、信者を救えて感謝されて、私に損はないじゃない？」

振り返り、ニッと彼に笑ってみせると、面食らった顔をしてすぐに視線が逸らされた。

私は気にせず前を向く。

理解できないならそれでいい。テオがどう思おうと、私は私の正義に従うだけなのだから。

5

事件が起こったのは、それから一週間後のこと。

「テオフィルス殿下《でんか》ぁ〜んっ！」

執務室にて読書に耽《ふけ》っていたところ、ノックもそこそこに扉《とびら》が開かれ、甲高《かんだか》くねちっこい声が放たれた。聞きなれない薄気味悪《うすきみわる》さに、思わず背筋がゾクッとする。

「エヴェ……っ⁉」

私より先にテオが反応した。彼は慌てて立ち上がると、テーブルやソファにぶつかりながら「エヴェ」と呼んだ女性から可能な限りの距離を取った。

女性は侍女《じじょ》を引き連れて、赤と紫《むらさき》と黄色の鮮《あざ》やかなドレスを身に纏《まと》っていた。私の部

屋に我《わ》が物顔《ものがお》でズカズカと立ち入り、テオに向かって一直線に突《つ》き進《すす》む。

「やっやめろ、近寄るな！」

ただ、テオは逃げているけれど。

「イヤですわテオフィルス殿下、照れないでくださいまし。ああ、お会いしたかったわぁ……！」

「照れてなどいない！　やめろ、来るな、動くな！　止まれっ‼」

部屋の中央に置いてあるソファとテーブルのセットを囲み、私そっちのけで追いかけっこをする二人。

「あの〜……ごめんなさい、テオ？　この状況について説明を求めてもいいかしら？」

テオの拒絶《きょぜつ》ぶりからしてなんとなく予想はついているが、念のため質問をしてみた。テオは彼女を注視したまま、早口で手短に告げる。

「ハーパニエミ子爵家《ししゃくけ》の長女、エヴェリーナ嬢。俺とは他人で無関係だ」

ハーパニエミ子爵家といえば、信者ではないけれど年に一度浄財《じょうざい》を下さる貴族だ。ご当主とは以前に一度、アピオンさまとともにお会いしたことがある。

そのご令嬢《れいじょう》に対し、テオの言い方は冷たすぎるのでは？　と私が口を挟むより早く、エヴェ改めエヴェリーナさまが非難する。

「まぁテオフィルス殿下ったら！　あたくしたちの仲はいずれ公《おおやけ》になりますのに、早く慣れてくださらないと困りますわぁん」

「違う！　十年以上前から面識があるだけの他人だ！　セルマ信じてくれっ」

テオの顔色は真っ青。顔も態度も言動も、拒絶の仕方が群を抜いて強烈だ。

――もしや、この方がテオの女性恐怖症の原因？　それにしたってこんなに怖がる？

「エヴェリーナさま、テオは現在職務中なのです。私的なお話をなさりたいのなら別室でお待ちくださいませんか？」

私が間に入ろうとすると、彼女にギロッと睨まれた。

「あなた、どなた？　殿下を『テオ』と軽々しく呼ぶなんて無礼よ、気に入らないわ」

ウェーブのきいた茅色《かやいろ》の髪をバサッと後ろへ翻《ひるがえ》す。横柄《おうへい》で、私を見下していることを隠そうとすらしていない。

「わたくしはセルマと申します。初めまして、エヴェリーナさま」

私は営業スマイルを浮かべ、いつも通りの名乗りをした。エヴェリーナさまが眉をピクリと動かし、ニヤリと口元を歪め笑う。

「セルマぁ？　どこかで聞いたことのある名ね」

本当に知らないのか、知らないふりをしているのか。

「珍《めずら》しい名ではありませんから。それよりも、本日はどのようなご用事で？　礼拝にお越《こ》しくださったのなら、そちらにご案内しましょうか？」

「いいえ、結構。あたくしは、テオフィルス殿下に用があってきたのよ」

どうやら彼女の視界にはテオしか映っていないみたいだ。こちらの提案を突っぱねて、再び彼に話しかける。

「テオフィルス殿下、一刻も早くあたくしと王宮へ戻りましょう。下賤《げせん》な者が大勢集まる場所にいるなど、想像しただけで鳥肌《とりはだ》が立ちます。さ、卑《いや》しさが感染《うつ》る前に、さあ！」

「断る、誰が戻るものか！　……め、女神ヲウルの教えを学びたいのだ。ここで投げ出すわけにはいかない」

即座《そくざ》に否定され、キイッとエヴェリーナさまが声を上げた。両手で頭を乱暴に掻《か》き、苛《いら》立《だ》っていることをあらわにする。

「ああ忌ま忌ましい、女神などにうつつを抜かすなど！　聡明《そうめい》であらせられる殿下には宗教など不要、国のことだけお考えになったらいい。ほら、あたくしを信じて」

エヴェリーナさまが説得に夢中になっている一方で、テオは私をチラチラ窺っている。

何か言いたげな表情だ。

私はエヴェリーナさまに問いかける。

「お言葉ですが、あなたさま個人に彼の行動を制限する資格はないのでは？」

「はあああ？　あたくしはテオフィルス王弟殿下の婚約者《こんやくしゃ》よ！　未来の夫の行動に意見することが許されていて当然でしょう？　頭の回転が遅《おそ》いわね、どうしておまえみたいに愚《ぐ》図《ず》な女が殿下と一緒にいるのか……信じられないわっ！」

敵意剝き出しの罵倒だ。これくらいで腹を立てたりはしないけれど、むしろ、貴族令嬢の言動としていかがなものかと疑問に思う。

婚約者ねぇ……と白い目で見ていると、私の代わりにテオが声を荒《あら》らげた。

「はっ⁉ いつ……こ、こんやく……⁉ してない、婚約など、してないっ‼」

「どうやらテオと話が噛み合っていないみたい。エヴェリーナさま、どういうことです？」

クスッと笑って怒りを誘《さそ》うも、エヴェリーナさまは私を無視しテオを懐柔《かいじゅう》しようとする。

「殿下、いい加減お逃げになるのはおやめください。あたくしはずっと子どもの頃から、殿下だけをお慕いしておりました」

「俺はずっと断り続けてきただろう！」

「まさかあの日のことをお忘れですか？ あんな辱《はずかし》めを受けたあたくしを、他の殿方《とのがた》が娶《めと》ってくださるとでも⁉ ひどすぎます、張本人ならば潔く責任を取ってくださいませ！」

あの日のこと。あんな辱め。張本人。……随分と不穏《ふおん》な単語が飛びだした。泣き落としにかかるエヴェリーナさまと、とにかく否定したいテオ。

「セルマ、違う、誤解だ！」

——別に、あなた方の間に何があっても私には関係ないんだけどなあ……。

とはいえ、誤解であることは正しいだろう。何かがあったとするならば、たぶんエヴェリーナさまに仕組まれたのだ。テオと過ごしたこの半年は、彼が卑怯なことをする人間でないと知るのに十分すぎる時間だった。

「エヴェリーナさま、そんなことがあったのですね。いつだって傷つくのは女。さぞかしお辛かったことでしょう、お気持ちお察しいたしますわ」

呼吸を乱し、ポロポロと涙《なみだ》をこぼす彼女の手を取る。

「テオは混乱しているだけです。わたくしが彼に話をしてみますから、その間この部屋でお待ちくださいますか？　後でお茶を届けさせますわ」

執務室をエヴェリーナさまと彼女の侍女に明け渡し、テオの腕を掴《つか》み私は階段を下りた。

「セルマ、話を聞いてくれ！　女神に誓《ちか》ってもいい、俺と彼女は何もないんだ！」

どこへ向かっているか知らないテオは、必死で私に弁解しようとした。階段には、足音と一緒に声が大きく響いている。

「全部わかってる。だから黙って」

私が小声で手短に答えても、テオは察してはくれない。

「いいや、わかっていない！　エヴェリーナ嬢は——」

「悪魔憑きなんでしょう？　侍女は違う。エヴェリーナさまだけが悪魔憑き」

声が聞こえない位置にまでしっかり遠ざかってから、私は足を止めテオを見上げた。手首から感じる彼の心拍数《しんぱくすう》はかなり速い。よほど焦っていたのだろう。

「ど、どうしてわかったんだ⁉　まさか、ついにセルマにも聖なる力が……？」

この期《ご》に及んでその可能性を考えるあたり、失笑してしまう。私の洞察力《どうさつりょく》を甘く見すぎだ。

「なんでそうなるのよ。あのね、ハーパニエミ家のご息女《そくじょ》よ？　国教のことくらい知っていて当然の身分にもかかわらず、私の名を聞いても聖女と結びつけようとしない。加えて、神殿に場違《ばちが》いすぎる毒々しい色のドレス。あんなものを堂々と神聖な場に着て来られるのは、ここがどんな場所か一切知らないか、悪意を持っている者のどちらか」

エヴェリーナさまの場合は後者だ。

「そして何より、心拍数。さっきエヴェリーナさまが泣いてらした時、手首から脈を測らせてもらったの。あんなにさめざめと泣いているのに、平常心も平常心。今のテオとは正反対ね」

えっ、とテオが私の手を払《はら》った。だが残念、彼の脈拍はすでに確認済みだ。

もっとも、テオの考えていることなんて表情だけでわかるけど。

「それでセルマ、これからどうするつもりだ？」

「決まっているじゃない、悪魔祓いをするのよ。せっかく神殿を訪《おとず》れてくださったのだもの、エヴェリーナさまにも女神のご加護を味わっていただきましょう」


しばらくして、私は一人でエヴェリーナさまを呼びに戻った。

お茶のおかげか大人しく待ってくれていたようだ。テオの説得が終わったことを告げると、エヴェリーナさまは上機嫌《じょうきげん》になり嬉々《きき》として私の誘導についてきた。

行き先は、悪魔祓いでお馴染みの瑠璃の間である。

しかし、それ専用の部屋であると知っているのは一部の聖職者のみ。しかも扉は他の部屋と変わらないので、中に入るまで気づけない。入ったところで、気づかない者は気づかないだろうけれど。

エヴェリーナさまを先頭にして、私たちは部屋の前に立った。修道騎士に目配せし、扉を開けてもらう。

「あなた、セルマと言ったかしら。案外役に立つのね、礼を言ってあげてもよくてよ」

背中越《ご》しに私に言い放ち、部屋の中で待機していたテオを見つけるやいなや、エヴェリーナさまは両手を広げて彼の胸に飛び込もうと駆け出した。

しかし、彼女がテオに触れることはなかった。扉の内側に隠れていた修道騎士が、その腕を捻《ひね》り上げたのだ。固まる侍女を部屋の隅へと避難《ひなん》させ、急ぎ準備に取り掛かる。

「あっ⁉ 痛……なに？ これは何事？ 汚らわしいわ放しなさいっ、テオフィルス殿下、お助けをっ！」

身動きが取れず混乱している隙に、私はさっと近寄った。

「なによこれ、どういう……ギャッ⁉」

ラーシュから受け取った聖水をかけ、魔除けのハーブを辺りに散らす。

「女神ヲウルはおっしゃった。我は天へ、闇の眷属は根の国へ――」

早口で浄《きよ》めの口上を述べる間中、エヴェリーナさま――正しくは、彼女の中にいる悪魔――は叫び喚き続けていた。

「ひどいわ！ あたくしにこんな屈辱《くつじょく》を……お父さまが黙っていないわよ！」

最後の最後まで、悪魔であることを彼女は認めないようだ。キャンキャン騒《さわ》ぐ一切を無視し、口上を終えたら肩を叩《たた》く。そして噴き出す黒い蒸気。

――さて、次は……。

捜すまでもなくテオと目が合った。これから何をするか予測がついているからだろう、彼の顔が引《ひ》き攣《つ》っている。

「テオフィルス。あなたに聖なる力を授けます」

彼に近づき、事務的な宣言をする。

「……これ、毎度やらないといけないのか？」

「すぐ終わるんだから黙って受け入れなさい。ほら、ラーシュたちが見てるでしょ」

テオの不満を抑えつけ、私は彼にキスをした。

ほんの一瞬《いっしゅん》ちゅっと触れただけだ。儀式としての形だけ整えられればいいのだから、それで十分だった。

ね、すぐに終わったでしょ？　と納得しきれていなそうな彼の目に訴《うった》えてから、力が抜けた演技をする。

「あとは……っく、任せました」

「またか。また倒れるのか」

うんざり、というようなため息を吐き出すくせに、倒れる私をテオはちゃんと抱きとめてくれた。駆け寄ってきたラーシュに任せ、自由になった手で剣を抜く。

あっという間に決着がついた。まさに先手必勝、無駄のない動きだった。

……と言っても、私は絶賛意識消失中なので音で判断しただけだけど。

「なによ、どういうことよ！　聖女は偽物《にせもの》なんでしょう？　悪魔祓いができるなんて聞いてないわよ！」

致命傷《ちめいしょう》を与えても、完全に灰となるには少しの時間がかかってしまう。その間、悪魔が減らず口を叩く。

――……この悪魔も、違う。私の捜す悪魔じゃない。声も口調も、性格も違う。

――それより、私が偽物？　誰から聞いた？

――テオじゃない。テオは絶対に他人に漏らしたりしない。

「テオフィルス殿下、どうしてあたくしを受け入れないの⁉　あたくしのどこがダメ？　こんなにも殿下を愛して……どうして、ファリエルさま……助け――」

また「ファリエル」だ。一体誰のことを指しているのだろう。

悪魔について一つわかればまた一つ、新たな疑問が湧《わ》いてくる。ラーシュの腕に抱かれながら、私は考えあぐねていた。


悪魔が抜けたエヴェリーナさまは、私とは異なり本当に昏倒した。その後神殿の客間に泊《と》まらせた彼女が意識を取り戻したのは、翌朝。

「おはよう、テオ。先ほど彼女が起きたと聞いたから、会いに行くわよ」

「……俺も行かねばならないのか？　すこぶる憂鬱《ゆううつ》なのだが……」

「つべこべ言わずについて来なさい」

テオが執務室に顔を出してすぐ、私たちは彼女が泊まる部屋へと向かった。

操られていた間の記憶は、その人に残ると思っていた。過去の二例がそうだったからだ。

悪魔祓い後しばらくしてから対話を実施してみたところ、クヴァーン家のご令孫は「氷で固められたみたいに全然動けなくて怖かった」と語り、お茶売りの青年は「商人として何よりも大切な信頼を失う真似をするなんて」とひどく落ち込んでいたのだ。

ただ、エヴェリーナさまは違った。三年間もの記憶が、彼女の中から完全に吹き飛んでいたのである。

報告によると、エヴェリーナさまは目が覚めると同時に、見ず知らずの部屋にいることに取り乱したらしい。隣室で休んでいた侍女が駆けつけ宥《なだ》めるも、会話の齟齬《そご》から記憶を失っていることに気づき、三年前から今日この日まで、何があったのか説明をしたそうなのだけど……。

「信じられない、わたくしがそのような真似を？　……あなたを疑ってはいないない、自分で自分が信じられないだけ。王族の方にしつこく付き纏《まと》うなんて、お父さまに合わせる顔がない……恥ずかしさで死にそうよ！」

部屋に入るよりも先に、落ち着かせようとする侍女を相手に泣き喚くエヴェリーナさまの声が聞こえた。テオをチラリと窺うと、眉間に皺を寄せ首を振り、「入室はやめよう」と言わんばかりの表情をしていた。

私は見なかったことにした。再び扉に向き合って三回ノックを済ませると、躊躇《ためら》うことなくドアノブを回し部屋に足を踏《ふ》み入《い》れた。

私と、その背後にいるテオ。両手を顔に当て泣いていたエヴェリーナさまは、指の隙間《すきま》から我々を確認した途端、俯いてぎゅっと身を硬くした。

――震えてる。本来のエヴェリーナさまは、内向的なのね。

私は息を吸い込んで、明るくエヴェリーナさまに告げる。

「おはようございます、わたくしはセルマ。昨夜はよく眠《ねむ》れましたか？」

「…………」

ベッドにいるエヴェリーナさまと、側に立つ侍女。私は侍女に場所を替わってもらい、エヴェリーナさまに近寄った。

「ここ三年間の記憶がないそうですね。その間のご自分の行動を聞き、信じられず戸惑っているのだと。……わたくしにはあなたの気持ちがよくわかる。あなたは今、消えてしまいたいほどに己《おのれ》の行いを恥《は》じている。それと同時にこれまでの行いをどうやって挽回《ばんかい》したらいいかわからず、途方《とほう》に暮れているのよね」

まだ顔を上げないまでも、耳は傾けてくれているようだ。呼吸に合わせて肩が激しく上下していたが、少しずつ振《ふ》り幅《はば》が落ち着いてきたのがその証拠だ。

私は続ける。

「我々はあなたを責めません。これまでの行いは、あなたに取り憑いた悪魔によるもの。だから、エヴェリーナさまのせいではないのです。女神もそうおっしゃっているわ」

「女神、さまが？」

エヴェリーナさまは顔を覆っていた手を下ろし、両手でキュッとドレスを握った。

「あなたのこと、女神が教えてくださいました。本来のあなたは分別があり温厚《おんこう》で、協調性を重んじる奥ゆかしい淑女《しゅくじょ》。緑や青の静かな色合いが好きで、趣味《しゅみ》は読書、子どもの頃の夢は、書記官としてお父上のそばで働くこと」

私が告げた性格分析の前半は、典型的で模範的《もはんてき》な貴族令嬢の特徴《とくちょう》を述べたにすぎず、後半は彼女の育った環境や仕草、以前お会いしたハーパニエミ卿との会話などから推測《すいそく》したものだ。

エヴェリーナさまが涙ながらに打ち明ける。

「そうよ。王族との繋がりを夢見るほど、わたくしは身の程知らずではなかったはず。この下品なドレスも、着ていることが信じられないわ。三年間、きっとお父さまはずいぶんとわたくしに失望したでしょうね……っ」

聖典には、悪魔とは「宿主を操り犯罪へと走らせたり、感情を食らい憑《と》り殺す」と記されている。記述の通り、悪魔は少しずつ宿主を食らい、その影響で最終的に死に至らせるのだとしたら、彼女の記憶の消失は悪魔に「食われた」と言えるのかもしれない。

エヴェリーナさまには記憶がない。その間、自分が何をして誰からどのように思われていたのか、人伝《ひとづ》てに聞いても全て把握することは難しい。

彼女はこれから行く先々で、覚えてもいない己の愚行《ぐこう》を聞かされることになるだろう。それがどれだけ恐ろしく、恥ずかしく、苦しいことか。さらに彼女はこれから、それを自力で挽回《ばんかい》せねばならないのだ。

「セルマさま、悪魔を追い祓ってくださったこと、心よりお礼申し上げます。……でも、もう、わたくしは――」

「悲観してはダメよ」

生きていたくない。そんなことを言い出しそうな彼女に、私は諭《さと》すように告げる。

「殿下が、あなたをここに導いたのです。彼がナミヤの信徒になっていなければ、あなたはここに来なかったし、悪魔祓いもできないまま理想とは真逆の女性として最期を迎えていたでしょう。これは女神の思《おぼ》し召し。あなたに生きろとおっしゃっているのよ」

「そ、そう……なのでしょうか？」

――テオとしては、「何もしていない、勝手なことを言うな」というところだろうけど。

エヴェリーナさまがキョトンとして、不思議そうに私とテオを交互に見ている。チラッとテオを確認してから、私は彼女に微笑みかけた。

「ハーパニエミ卿のことは、わたくしも存じ上げています。ナミヤ教徒ではないのに、貧しき者に使ってくれと毎年浄財《じょうざい》を恵んでくださる、とても慈悲深く優しいお方。その方が、愛娘《まなむすめ》を見捨てるわけがない。それどころか本来の自分を取り戻したあなたを見て、喜ばれるに違いないわ。不安なら、わたくしや殿下が喜んで口添えいたしましょう」

テオは私の背後に立って、沈黙したまま腕《うで》を組んでいた。エヴェリーナさまは目に涙を溜《た》め、テオをじっと見つめている。

「テオフィルス殿下……ありがとうございます。わたくし、随分酷《ずいぶんひど》いことをしたのにっ」

再度振り返ったら、困り果てているテオと容易に目が合った。私はウィンクを返す。

このウィンクは「話を合わせてね」であり、「好きなように答えたら？」でもある。過去を水に流してもいいし、女性恐怖症に陥《おちい》った恨《うら》み言《ごと》をぶつけてもいい。要するに、テオに任せるということだ。

エヴェリーナさまはもう大丈夫だろう。表情も明るくなったし、私が支えになってあげられる。

だからテオがどんな言葉をかけようが、私は心配していなかった。

「……あー、その、気にするな。俺も酷い言葉をぶつけてしまったこと、謝罪する」

結局のところテオは積年の恨みをグッと堪《こら》え、温かい言葉をかけた。察するに、彼の本音は「どうでもいいからとにかく早く帰ってくれ」だろう。

彼女ほど強引《ごういん》に迫られれば、誰だって恐怖を覚えて当然だ。にもかかわらず相手を思いやれるテオの寛大《かんだい》さに、私は心の中で賛辞を送った。

「人はいつでも変われるものです。今の飾《かざ》らないエヴェリーナさまは、とても素敵《すてき》に思います。必ずや、みなが歓迎《かんげい》してくれるでしょう」

ね、と侍女に話を振ると、彼女も頬を上気させて頷いた。

「三年間の空白を埋めるのは、簡単なことではありません。でも、あなたならきっとできる。エヴェリーナさまに、女神のご加護があらんことを」

「ありがとう。セルマさまにも女神のご加護があらんことを」


エヴェリーナさまは何度も私に礼を言い、晴れやかな笑顔で帰っていった。

「――悪魔は恐怖をもたらす存在……」

「どうしたの？」

神殿の前庭でエヴェリーナさまの馬車を見送った後、廊下を歩きながらテオが呟いた。

「少女は体が動かなくなることが怖かった。商人は客の信用を失うことが怖かった。エヴェリーナ嬢は父上に恥をかかせることが怖かった……のか」

「テオ？　だから何を――」

「悪魔は人間に取り憑き、その者が最も恐怖に感じることをするのではないだろうか？　それで、絶望する人間を見て愉《たの》しんでいると。……そう思ったのだが」

彼の考察に私はハッとさせられた。

根の国の住人は人間と女神を妬《ねた》んでいる。絶望し、恐怖し、苦しめ——と。神話を振り返ってみても、テオの仮説は当たっている気がしてならない。もしそうなら、悪魔に取り憑かれた父が真っ先に母を殺した理由もわかる。

——父が最も恐れたのは、母と私を失うこと。父は家族を愛していた……。

「そうだとしたら悪魔ってほんと、悪趣味ね」

言ってすぐ、私は唇を噛《か》んだ。子どもみたいに何にも気にせず泣きたい衝動に駆られたからだ。

「だが、それだけ大きな恐怖に慄《おのの》いていた者を笑顔にさせてしまうのだから、セルマは……不思議だ」

私のことを蛇蝎《だかつ》のごとく嫌っていたはずのテオに、思いがけず褒められた。どこをどうしたらその結論に行き着くのかわからないが、涙も引っこんだことだし、私はしれっと返すことにする。

「人はみんな、自分のことを理解してほしいと思ってる。その願いを叶《かな》えてあげれば、心を開くようになるの。どんなに偏屈《へんくつ》な人でも、最初は純粋だったはずだもの。生きていくうちに自分を守る鎧を身につけすぎただけなのよ」

私が大きいことを言ったからか、テオがフンッと鼻で笑った。

「世界中の人間全てを見てきたみたいに言うな」

それは確かにそうだけど、私はなんだか気分がよかった。

「テオもそうよ」

横を歩くテオに告げると、わざわざ彼は足を止めてまで訝《いぶか》しげな視線を寄越《よこ》した。

「テオは新しいものが苦手な一方で、信じやすく義理堅《ぎりがた》い。自分よりも人のための苦労を惜しまない優しい人。今はいないかもしれないけど、あなたの理解者は必ず現れるわ。女性に対する苦手意識も、その人がきっと癒《いや》してくれる。……かもね」

知らんけど、という若干《じゃっかん》投げやりな決め台詞を最後に放ったら、おかしくなってふふっと漏れた。これ以上笑っては締まりがない、と笑いを噛み殺しながらテオよりも先に進んだところで、背後から呟きが聞こえる。

「──そうか、セルマは聖女なんだな」

「今更言うこと？」

振り返るとすぐ、彼の真剣《しんけん》な眼差《まなざ》しと目が合った。

「セルマがいい。俺は君に理解してほしい」

──ん？

意味がわからなくて一瞬固まる。その間に、テオの追撃《ついげき》がやってくる。

「俺がセルマの一番の理解者になる。だから、セルマも俺の一番の理解者になってくれ」

目力。姿勢。声。表情。どこをどう観察しても、私をからかっているようには見えない。

――んんん？　どういうこと？　なんか……愛の告白のように聞こえるんですけど？

そんなわけない。あのテオが私を好きになるわけが。そもそも、私への好感度は序盤《じょばん》のうちに地に落とすどころか地面にめり込ませてある。ちょっとやそっとで上がるわけがないのである。

「…………あ、そう」

私は流すことにした。

その結果が、冒頭《ぼうとう》に至るわけである。

祝福の接吻が私からではなくテオから情熱的に授けられるようになった異常事態を、説明できる人はいませんか……？

幕間◆嫌いだったはずなのに

1

「俺は認めません。兄上が宗教を頼《たよ》ったまではいいとしても、どうしてそれを国教なんかに！　これは罠《わな》です、王家の庇護《ひご》を笠《かさ》に着て権力を強め、そのうち王位を簒奪《さんだつ》しに来るに決まっています！」

「冷静になれテオフィルス。少なくとも、私が生きているうちはない。ナミヤ教は信者も多く、団長と聖女を中心によくまとまっている組織だ。しかしその教義も実態も、我々王家を揺《ゆ》るがすようなものではない。だから力を借りただけで、国教化は当然の礼だ。信じられぬならテオフィルスがその目と耳で確認《かくにん》してきたらどうだ？」

兄上との会話を回想しながら、俺はセルマの顔をぼんやりと思《おも》い浮《う》かべていた。

セルマは謎《なぞ》の女だった。俺の入信を言い当てたし、この性格も、入信における不純な動機まであっという間に見破られた。

あの虹色《にじいろ》の瞳《ひとみ》に見つめられると、全て見透《みす》かされているようで落ち着かなくなってしまう。だというのに、神秘的な輝《かがや》きから目を逸《そ》らすのは至難の業《わざ》だ。

俺は正直、ナミヤ教を詐欺《さぎ》師集団だと決めつけて乗り込んだ。ところが、すぐに出端《ではな》をくじかれる。

セルマの力は凄《すご》かった。あれは本物の聖女だ。聖なる力を持ち、だからこそ人の心が読めるのだと俺はすぐに確信し、敬服した。

その考えがひっくり返ったのは、クヴァーン卿《きょう》の孫娘《まごむすめ》の悪魔祓《あくまばら》いをした時だ。

悪魔祓い自体は俺もそれまでに何度か同席していたので、手順などは理解していた。悪《あく》魔憑《まつ》きを椅子《いす》に座らせ聖水やハーブをあたりに撒《ま》き、聖女が『浄《きよ》めの口上』を述べる。いつもなら、口上の後にセルマが対象者の肩《かた》を叩《たた》き、「これで悪魔《あくま》は浄化《じょうか》されました」と宣言して終了《しゅうりょう》となる。悪魔の姿は誰《だれ》にも見えず、声も聞こえないのだが、セルマがもう大丈夫《だいじょうぶ》だと告げた途端、どの信者も安堵《あんど》して笑顔《えがお》を取り戻す、というのがお決まりの流れだった。

悪魔は見えない。でも、セルマには見えている。そういうものだとみなが言うので、俺も自然とそう思うようになっていた。

ところがあの日は違《ちが》った。セルマが娘《むすめ》の肩を叩いたと同時に、娘の首の付け根から黒い蒸気が噴《ふ》き出《だ》し固まり、あっという間に異形となったのだ。

初めて見た異形、つまり悪魔。修道騎士《きし》らが次々と倒《たお》れていき、通常の攻撃《こうげき》では歯が立たないと絶望を突《つ》きつけられた。

だとするならば、この状況《じょうきょう》を切《き》り抜《ぬ》けるのに必要なのは、聖なる力。

セルマだけが持つという聖なる力なら、倒せるのではないか。だから俺は彼女を頼った
──が、セルマはそんなもの持っていなかったのだ。

虹色の瞳と聖痕《せいこん》を有し、人の心もたちどころに読む。にもかかわらず、偽物《にせもの》の聖女。

俺は愕然《がくぜん》とした。今まで騙《だま》されていたことに憤《いきどお》り、それと同時に安易に彼女を信じてしまった己《おのれ》の愚《おろ》かさに腹が立った。

──聖なる力がないのなら、最初からそう明かせばいいものを。嘘《うそ》をついて信者を騙すなど。

セルマに信頼《しんらい》を寄せかけていたことが恥《は》ずかしかった。誰にも話したことのない胸中も、彼女には随分《ずいぶん》と喋ってしまっていたからだ。敵であると知っていたなら絶対に語らなかったのに。

俺はセルマに頼ることをやめた。そして一人で悪魔に対峙《たいじ》しようとした時、女神《めがみ》の天啓《てんけい》を受ける。

『テオフィルス、あなたに力を授《さず》けます』

突然《とつぜん》周囲が眩《まばゆ》い光に包まれ、その瞬間《しゅんかん》知らぬ声が響《ひび》いた。

耳鳴りのようでもあり、鳥のさえずりのようでもあり。あるいは、無音。聴覚《ちょうかく》を通《とお》り越《こ》して頭の中に直接響いた気もする。

『その力は退魔《たいま》の力。悪魔を見極め、浄化することができるでしょう』

――女神ヲウルだ。

俺は直感した。セルマにはない聖なる力を、女神が俺に授けようとしていると。

俺は信心深い信徒ではなく、入信してから日も浅い。もっとふさわしい者がいるだろうに、なぜ俺が選ばれたのか、正直今もわからないままだ。

『あの子は誰よりも賢《かしこ》く、誰よりも憐《あわ》れな子。だからあなたが守ってあげて。セルマを救ってあげて――』

セルマ。

女神はたしかにその名を出した。セルマを守るため、俺は女神に力を与《あた》えられたのだ。

瞬《まばた》きをすると、元いた部屋に俺はいて、悪魔と向き合っていた。女神の声が聞こえる前から、そう時間は経《た》っていない。むしろ一秒も経過したようには思えない。

かすかな温《ぬく》もりを感じ、手に目をやると、握《にぎ》った剣《けん》が青白い光を放っていた。

通常ならばあり得ないことだ。超常《ちょうじょう》現象が、俺と周囲に起こっていた。

しかし俺は落ち着いていた。何が起こっていようとも「そうか」と自然に受け止めることができた。そして、修道騎士が太刀打《たちう》ちできなかった化け物を、今の俺なら絶対に倒せるという自信すらあった。

剣を握る手に力を入れ、一歩踏《ふ》み込むと同時に斬《き》りつける。悪魔の体に切っ先が触《ふ》れる前から、剣の軌跡《きせき》が光って見えた。この光をなぞるように剣を通せばいいのだと、人智《じんち》を超《こ》えた何者かが俺に教えてくれているようだった。外すことなど考えられぬほど、時間の流れも遅《おそ》く感じられた。

なぜ？　――と、崩壊《ほうかい》していく悪魔を眺《なが》めながら、俺は自問を繰《く》り返《かえ》す。

――なぜ俺が聖なる力を得たのか。

――なぜ女神からセルマの名が出たのか。

――なぜ女神はセルマを「救ってくれ」とこの俺に頼《たの》むのか。

セルマは聖なる力を持たない。聖女としての三要件を満たさないのに、それを隠《かく》して聖女として振《ふ》る舞《ま》っている。

つまり詐欺師だ。その詐欺師を、どうして女神は救いたいのか。

聖女を騙《かた》っていたことにセルマが真摯《しんし》に反省するのなら、俺はもちろん協力するつもりでいた。女神が俺に命じた内容も惜《お》しみなく明かしただろう。

ところがセルマは反省するどころか、俺を脅《おど》し口止めした。

極《きわ》め付《つ》けが、あのキスである。

王宮にいたころのトラウマのせいで、俺は女性が苦手だった。会話するくらいは問題ないが、近寄られるのは受け付けない。触《ふ》れられただけで鳥肌《とりはだ》が立ち、反射的に払《はら》い退《の》けてしまうこともあった。

セルマはそれを知ってか知らずか——打ち明けた覚えはないが、見抜《みぬ》かれていてもおかしくない——、俺が不快に思う距離《きょり》には絶対に立ち入ってこなかった。むやみに触れることもないし、俺の容姿について褒《ほ》めも蔑《さげす》みもしない。

王弟という身分にも一切《いっさい》触れず、単なる輔祭《ほさい》としてしか扱《あつか》わず、だからこそ俺もセルマに気を許していたという面もある。

だというのに、キス。

不意をつかれた。セルマの唇《くちびる》は柔《やわ》らかかっ……そんな真似《まね》をされると思ったこともなかったので、俺は激しく動揺《どうよう》した。

セルマはそのキスを『祝福の接吻《せっぷん》』と名づけ、彼女の持つ聖なる力を俺に譲渡《じょうと》するためのものだとのたまった。そうして、俺はセルマの嘘に加担させられたのである。

俺の母はあの悪名高きテレシア・トーヴァ・レグルスだ。売国貴族の言葉に惑《まど》わされ、いかにも胡散臭《うさんくさ》い占《うらな》い師《し》に惑わされ、国を混乱に陥《おとしい》れた女王。

その血を受《う》け継《つ》いでいるからこそ、俺は常に潔白でありたかった。正直者が損をすると言われても、正直者は愚かだと言われても、俺は俺が正しいと思ったことだけ選んで生きていたかった。そうすることでしか、俺が生きる道はないとさえ思っていた。

しかしセルマのせいで、俺は己の決めたことを捻《ね》じ曲《ま》げざるを得なくなった。

セルマの言う通り、俺がいくら真実を語ろうと、国民は信じてくれないだろう。必死になって説得にかかればかかるほど、国民は俺の言葉を嘘だと思うようになる。そして出来上がった「嘘つきの王弟」は、いずれ国王を困らせることになる――。

悔《くや》しいが、自然とその未来に納得《なっとく》ができてしまった。だから兄上に迷惑《めいわく》がかかることを避《さ》けるため、俺はセルマに従うことになったのだ。

どうしてこんな詐欺師のことを、女神は救えと言うのか。悪の道から救えと言うなら、すでに手遅《ておく》れではないのか。


セルマへの見方が変わったのは、その後だ。

あれは、クヴァーン邸《てい》での悪魔祓いで負傷した二人が戻《もど》ってきた日だった。これでようやく全員が復帰するとあって、朝からセルマは浮《うわ》ついていた。

俺はその待ちわびる様子すらまやかしなのでは？　と疑っていた。初めて悪魔に遭遇《そうぐう》したあの日、セルマは負傷した仲間たちを置いて我先に逃《に》げようとしたからだ。

負傷者はみな気を失っていたから、セルマの愚行《ぐこう》を知らない。知っているのは俺だけ。

暴露《ばくろ》することも考えたが、セルマならば取り繕《とつくろ》うなどお手のもの。それに教団は彼女の信奉者《しんぽうしゃ》ばかりで、俺の言葉など黙殺《もくさつ》されるに決まっている。だから俺は沈黙《ちんもく》を選んだ。

修道女たちに再会すると、セルマは頬《ほお》がこぼれ落ちんばかりの笑《え》みを浮かべて喜んだ。

だが、俺は騙されない。あのセルマのことだ、きっと演技に違いない。

セルマたちの会話を聞きながら、俺は彼らを憐《あわ》れんだ。

――そなたらが慕《した》う聖女は、実は聖女ではなく邪女《じゃじょ》だ。……訂正《ていせい》、悪女。

――慕う相手が悪かったな。そもそも、セルマが本物の聖女だったならば、そなたらに怪我《けが》も負わせずに済ませられたものを。

「あなたたちを守れなくてごめんなさい」

二人を労《ねぎら》い、薄《うす》っぺらい謝罪の言葉を口にするセルマを、俺は斜《しゃ》に構えながら眺めていた。

――どの口が言うんだか。最初から守る気などなかったくせに。

彼女らが危険な目に遭《あ》ったのも、死にかけたのも全て詐欺師セルマのせいだ。

しかし修道女が否定する。

「とんでもない！　セルマさまは悪魔を倒してくださったではありませんか！」

――悪魔を倒したのは俺なんだが……。

誰かに褒めてもらいたいわけではないが、俺の功を掻《か》っ攫《さら》うのがセルマだということが腑《ふ》に落ちない。

ついには修道騎士のエイギルも便乗して頷《うなず》く。

「あの時、セルマさまが悪魔を部屋の外へ誘導《ゆうどう》してくださらなかったら、我々は悪魔によって殺されていたことでしょう。心から感謝しているのです」

「…………？」

——今、なんと？

理解するのに時間がかかった。

——そんなまさか。セルマが悪魔を部屋の外へ誘導？

直ちにセルマの反応を確認したかったが、あいにくセルマは俺に背を向けており、顔を見ることができない。

苛立《いらだ》ちと焦燥感《しょうそうかん》に唇を噛《か》みながら、あの日の出来事を回想する。

部屋の中には俺とセルマ以外に修道騎士三名、および修道女と少女。彼らは全員動けず、悪魔は次なる攻撃相手を探していた。セルマは俺に「逃げるのよ」と言って、一目散に扉《とびら》へ向かった。俺はそれにやむなく続き、さらに悪魔も追ってきて……。

——もしも俺たちがあの部屋に居続けたら、どうなっていたか。

目眩《めまい》を起こしそうなくらい、心臓の鼓動《こどう》が速くなった。

——俺は何か、大きな思い違いをしていたのではないか……。

セルマは逃げたのではなく、自らを囮《おとり》とした？　聖なる力がないなりに、人を助けようとした？

こんな時に思い出すのは、俺にとって都合の悪い言葉ばかり。

『私の言葉で彼らが救われるのなら、誰に何と言われようとこれからも喜んで嘘をつく』

『真実が必ずしもその人のためになるとは限らない。私は信者を支えたいだけよ。誰かを救うための嘘の、何がいけないと言うの？』

『相手のためにならない嘘は私だって使わない。だからみんな私を慕ってくれているのだと思うのだけど、わかる？』

聖女とは、何だ。聖なる力を持っていなければ、聖女にはなれないのだろうか。人を思いやる心がなくても、聖女になれるのだろうか。

途端《とたん》にわからなくなった。これまでの価値観ががらっと覆《くつがえ》されるような浮遊感《ふゆうかん》に恐怖《きょうふ》した。その反面、その先を見たい気持ちが俺の中に芽生え落ち着かない。

「治ります！　こんな怪我、すぐによくなる！」

修道騎士のエイギルの大声に、俺は我に返った。

どうやら彼は、負傷したがまたセルマを守らせてほしいと訴《うった》えているようだ。詳《くわ》しい話は聞いていなかったが、おそらくそういうことだろう。

エイギルは松葉杖《まつばづえ》を使っていた。足の怪我がまだ完治していないからだが、セルマはその怪我以外にも、手の負傷を指摘《してき》した。

俺も剣を扱うからわかる。握力《あくりょく》が入らないのは剣士《けんし》にとって致命的《ちめいてき》だ。つまり、セルマの言葉が真実なら、エイギルの修道騎士としての未来は……。

「でも、俺は、セルマさまをお助けするためなら、この命など惜しくないっ！」

「わたくしは惜しい。エイギルの命もヘレーナの命も、すべての命が惜しいです。絶対に、何があっても、もう二度と悪魔などには奪《うば》わせない」

――もう二度と？　一度目があったということか？

エイギルは敬虔《けいけん》な信徒だ。だからセルマの聖女性を信じ、己の全てをセルマに捧《ささ》げる覚悟《かくご》なのだ。

それに対するセルマの返答に、俺はさらに狼狽《うろた》えた。いつもならば誰の前でも穏《おだ》やかでおっとりとした聖女を演じている彼女が、声をわずかに震《ふる》わせながら、力強く宣言したのだ。セルマのそれを俺はもはや演技とは思えなくなっていた。

セルマは己よりも頭一つ分大きなエイギルを抱《だ》き寄せ、受け止める。

――おい。いくらなんでも触れすぎだろう。エイギルも拒《こば》め、相手はおまえの母でも恋人でもなく、聖女だぞ！

俺は無性にエイギルが羨《うらや》ま……、苛々《いらいら》して、セルマの背中を睨《にら》んでいた。

そして、俺がセルマへの評価を決定的に転換《てんかん》させたのは、エヴェリーナ嬢《じょう》の一件だった。

彼女の父、ハーパニエミ卿とは母の在位中からの付き合いで、母の暴走を止めようと奔《ほん》走《そう》してくれた数少ない勇敢《ゆうかん》な貴族だ。

その娘エヴェリーナは、幼い頃《ころ》から卿とともにしばしば王宮にやってきた。だから俺も面識があったのだが、いつしか俺は彼女から熱烈《ねつれつ》なアプローチを喰《く》らうようになっていた。

しかし俺は知っている。彼女は最初から俺を狙《ねら》っていたのではなく、兄上に近づいたものの玉砕《ぎょくさい》したから、俺に鞍替《くらが》えしたことを。

最初のうちは偶然《ぐうぜん》を装《よそお》い出くわして、時折話をする程度だった。それなのに、いつしか接触《せっしょく》が増え、どさくさに紛《まぎ》れ俺に体を触《さわ》らせようと仕組んだり、挙げ句の果てに体調不良を装って俺を組《く》み敷《し》こうとしたことさえあった。しかもその後、俺が彼女を襲《おそ》ったのだと事実と異なる噂《うわさ》をばら撒かれた。

あっという間に噂は広まり、一時王宮は俺の話題で持ちきりになった。あの時は本当に生きた心地《ここち》がしなかった。

母親の悪政のことに付随《ふずい》して語られるのも辛《つら》かった。俺は母とは違う道を歩もうともがいていたのに、全て踏《ふ》み躙《にじ》られたような気になった。

唯一《ゆいいつ》俺を信じてくれたのは兄上だ。兄上がエヴェリーナ嬢の話の矛盾《むじゅん》に気づいてくださったおかげで濡《ぬ》れ衣《ぎぬ》は晴れたが、当時のことは今でも夢にうなされるくらい、俺の心を蝕《むしば》んでいる。

そしてそれ以来、エヴェリーナ嬢を視界に入れるだけで俺の心と体には拒絶《きょぜつ》反応が現れだした。その症状は日に日に悪化し、最終的には全ての女性に苦手意識を抱くようになっていた。

久しぶりに会ったエヴェリーナ嬢は、ひと目見ただけで悪魔に取《と》り憑《つ》かれているのがわかった。もしも俺が生まれながらにして女神から聖なる力を授かっていたなら、こうなる前に対処できていたかもしれないが、今更《いまさら》そんな話をしても遅い。

彼女が俺に付きまとっていたのは、悪魔のせいだった。その証拠《しょうこ》に、悪魔祓い後の彼女は以前の彼女とはまるで別人だった。

もしも俺がエヴェリーナ嬢の立場だとしたら、仮に悪魔のせいだったとしても一方的に好意を寄せ、迷惑行為《めいわくこうい》を繰り返していたなど、死にたくなるほどの汚点《おてん》だ。おまけに記憶もないなんて。

エヴェリーナ嬢もそうだったからこそ、朝っぱらから泣き明かしていたのだと推測する。

しかしセルマは言葉巧《たく》みに彼女を鎮《しず》め、落ち着かせ、笑顔にして帰路につかせた。

エヴェリーナ嬢の馬車を見送ったのち、セルマは俺に語った。

「人はみんな、自分のことを理解してほしいと思ってる。その願いを叶《かな》えてあげれば、心を開くようになるの」

また適当なことを言いやがって、と俺は腐《くさ》したが、セルマは決して譲《ゆず》らなかった。

「テオは新しいものが苦手な一方で、信じやすく義理堅《ぎりがた》い。自分よりも人のための苦労を惜しまない優《やさ》しい人。今はいないかもしれないけど、あなたの理解者は必ず現れるわ。女性に対する苦手意識も、その人がきっと癒《いや》してくれる」

――ああ。なんだ、そうか。どうりで。

その瞬間、俺は己がどれだけ未熟だったかを悟《さと》った。俺は愚かにも、知らないことをさも知っているかのように装っていただけだったのだ。

「――そうか、セルマは聖女なんだな」

どうしてセルマの周囲には彼女を慕う人間が多いのか、俺はずっと疑問に思っていた。エイギル然り、ヘレーナ然り、ラーシュ然り。きっとみな、セルマの言葉に助けられた者たちなのだ。

そして俺も、どうやら仲間入りすることになりそうだ。

「俺は君に理解してほしい」

……いや、「仲間入り」では満足できそうにない。

大きな虹色の瞳、小さな鼻、桃色《ももいろ》の唇。華奢《きゃしゃ》な首も肩幅《かたはば》も。

ねじ曲がった性格の悪さにばかり囚われていたが、その歪《ゆが》みが作られたものだと気づいた途端、セルマのことがとても美しく見え始めた。

女性に恐怖していたことが嘘のようだ。あるいは、セルマだけが恐怖の対象外になったのか。

セルマは祝福の接吻以外で俺に触れようとしなかった。連れ立って歩いている時も、ともに食事を取る時も。セルマは俺が警戒しなくて済む距離を、いつ何時《なんどき》も保ってくれた。

聡《さと》い彼女のことだ、俺が女性を避けていることにも、とっくに気づいていただろう。だから俺をそれとなく気遣《きづか》い、深入りしないでいてくれたのだ。

だが、今はその見えない壁《かべ》を俺が壊《こわ》したくてたまらない。セルマにとって俺が一番で唯一の存在になりたいのだ。

「俺がセルマの一番の理解者になる。だから、セルマも俺の一番の理解者になってくれ」

「…………あ、そう」

抑揚《よくよう》のないつれない返事にも趣《おもむき》がある。ふいっと顔が逸らされた瞬間の、銀色の髪《かみ》が躍《おど》る様子。

俺はセルマから目が離《はな》せなくなった。

2

並んで立つと、セルマの頭はちょうど俺の顎《あご》が乗りそうな高さにある。平均的な女性よりも小柄《こがら》なうえ、人形のように頭は小さい。その中に入っている脳も小さいだろうに、セルマはとても賢い。髪の毛はサラサラの直毛。しかもいい匂《にお》いがする。

斜《なな》め上から見下ろすと、長いまつ毛がよく見えた。くるんと上を向き、白い頬に細かな影《かげ》を作っている。

「……あまりじろじろ見ないで」

ぼんやりと正面を眺めたまま、俺に一瞥《いちべつ》もくれずそう言ったが、セルマの声には覇気《はき》がない。

今日は王都のそばまで赴《おもむ》き悪魔祓いを行った。王都からヲウル神殿《しんでん》のあるユドラッド山山頂までは、馬車で片道三時間ほどかかる。やることを終え我々がヲウル神殿に帰り着く頃には、すでにとっぷり陽が暮れていた。

神殿の正門付近には、修道女たちの姿があった。帰りの遅い我々を心配し、数人が迎《むか》えに出てくれていたのだ。

団長への報告のため、一足先に神殿へ向かうラーシュの背中を後目に、俺は表情の冴《さ》えないセルマのことが気がかりだった。

ヲウル神殿は標高が高いせいで気温が下がるのも早く、夜ともなれば冬用の分厚い外套《がいとう》がないと凍《こご》えてしまいそうなくらいに冷える。まず俺はそれが原因ではないかと疑った。

「いつもより元気がない。どうしたセルマ、寒いか？　それともどこか痛むのか？」

「少し疲《つか》れただけ。休めば回復するわ」

セルマは素気《すげ》なく返事をするだけで、俺と目を合わそうとしない。

「本当に？　風邪《かぜ》でも引いたのではないか？　熱は？」

心配になり、俺はセルマの正面に回った。手を伸《の》ばして前髪《まえがみ》を払い、身をかがめて額と額をくっつける。

「……確かに熱はなさそうだな」

熱くも冷たくもない。おそらく平熱だろう。

今はよくてもこれから先、熱が上がらないとも限らない。悪魔を一体片付けた気の緩《ゆる》みから体調を崩《くず》し、風邪でも引いたら大変だ。

セルマを心配していただけなのに、当の本人は迷惑そうに俺の胸に手を当てて、グイッと押して離れようとする。

「ありがたいけれど、本当に平気なの。心配はいらない」

やはり様子がおかしい。首を振り、拒《こば》もうとするセルマの細い手首を握った。

「君はいつもそうやって強がる。もっと素直《すなお》になれ」

「……テオの気持ちはありがたいけれど、別にちっとも強がっていないの」

ようやくセルマが俺を見た。しかし、その顔にあるのは聖女を演じているときの微笑《ほほえ》み。

衆目があるからか、その後セルマは執務室《しつむしつ》へ到着《とうちゃく》するまで、俺を振り向きもしなかった。きっと悪魔のことでも考えていたのだろう。


「テオ、あれは一体どういうこと？　ていうか、どうして隣《となり》に座るのよ」

執務室。セルマと並んで腰《こし》を下ろしてすぐ、彼女が俺に問いかけた。

「どういうこと、とは？」

要領を得ない質問だったので、聞き返した。

「さっきの。さっきというか、昼間も。むしろ昼間のあれの方が重要よ。……キスのこと」

「キス？　祝福の接吻のことか？　あれは単なる儀式《ぎしき》だと、君の方が俺にそう言った」

「言ったけど、どうしてテオから私にキスをしたの？　しかも、し、舌をっ」

どちらがどちらに致《いた》すのか、決めた覚えはない。だから、どうしてセルマがこだわっているのか俺にはよくわからなかった。

「俺からキスをしてはいけないのか？　『キスした』という結論は変わらないのに？　舌は……つい。セルマがかわいくて」

「つい⁉　かわいくて⁉」

丸い目をさらに丸くしてセルマが驚《おどろ》いている。頬にはほのかに朱《しゅ》が差し、唇の血色もよくなった。かわいい。

このように取り乱した姿はとても貴重だ。苛立っている原因については気がかりだが、いつも誰にでも平等で、大抵《たいてい》のことに動じない彼女の「動じている」様は見ていて楽しい。

セルマが立ち上がり、茶器の載《の》ったワゴンへと近寄った。いつものように手際《てぎわ》よく茶葉をポットに詰《つ》め湯を注ぐと、安らぎを誘《さそ》う香りが漂《ただよ》ってきた。

「……最近のテオは変よ。どうして急に私との距離を詰めようとしてくるの？」

ほどなくしてカップを運んできたセルマは、俺の向かいのソファに座った。……さっきまでは隣に座っていたのに。

「セルマの一番の理解者になりたいからだが？」

「だが？　じゃないでしょ！」

俺は胸を張って答えたが、納得してもらえなかった。

「私は何も困ってない。テオも以前のままでいい。変化なんか望んでないのよ」

「俺は望んでる」

正確に言うなら、変化はすでにあった。エヴェリーナ嬢の悪魔祓いを終えてから、俺の中でセルマへの見方が百八十度変わったのだ。

「俺はセルマに無頓着《むとんちゃく》すぎた。だから、もっとセルマのことを知りたい。教えてくれ、君の生まれや、家族や、好きな食べ物や、好きな花や――」

「ちょっと待って。テオの質問に答えるとは言ったけど、今の質問は悪魔祓いに関係ないわ」

仕事のことしか聞くなという姿勢に、セルマの真面目さが滲《にじ》み出《で》ているような気がする。にやけそうになるのを隠そうと、彼女が淹《い》れてくれた茶に口をつける。うまい。

「義務として答えてほしいわけじゃない。すぐに答えがほしいわけでもない」

「……どういうこと？」

訝《いぶか》しんでいるようなので、せっかくだからとことん思い知らせることにする。

「セルマのいいところは、偽善者《ぎぜんしゃ》ぶらないところだ。相手にとって都合のいい人間になることに躊躇《ためら》いがない。たとえそれで自分の評価が下がっても、堂々としていられる強さもある。前にセルマを悪女だと罵《ののし》ったが、俺が間違《まちが》っていた。撤回《てっかい》する。セルマこそが真の聖女だ。聖なる力の有無《うむ》は関係なく、セルマの心はとても綺麗《きれい》だ。だから……」

ところが、俺がこんなにも真面目に話しているというのに、セルマは口をあんぐりと開け、眉間《みけん》に皺《しわ》を寄せている。

「……俺は何か変なことを言っているか？」

「ええ。かなりね」

「要するに、俺は君にもっと近づきたいということなんだが」

セルマは長く時間をかけてから、絞《しぼ》り出したような声で「へえ」と呟《つぶや》いた。深呼吸を繰り返してからゆっくり頷いてみせた。

「わかった、承知しました。でも、テオに『これ以上近づかれては不快だ』と思う対人距離があるように、私にもその限界は存在する。だから配慮《はいりょ》してほしい」

「なるほど。よくわからない」

「なぜに⁉ ばかなの⁉」

今日のセルマはよく取り乱す。やはり疲れているのだろうか。

「キスの時はどうしても接触する必要がある。配慮していたらキスにならない」

俺の反論にセルマは大きなため息を吐き、茶を呷《あお》ろうとしたがまだ熱く、すぐにビクつき口を離した。火傷《やけど》していないか心配だ。

それからゴホンと咳払《せきばら》いして、再び俺を説こうとする。

「あのね、キスは四六時中するものじゃないでしょう？ しかもあれは単なる儀式。お願いだからエヴェリーナさまの悪魔みたいにグイグイ来る人にならないでよ！」

エヴェリーナ嬢の名が出た途端、俺の体に鳥肌が立った。

感情の押し付けがどれだけ不快で苦痛か、俺はこの身で学んでいたにもかかわらず、セルマにしようとしていたのか……。

しかし俺は反省も改善もできる男だ。身を正し、同じ轍《てつ》は踏まないと心に誓《ちか》う。

「任せてくれ。君に騙されることはあっても、俺が騙すことはない。俺は必ず君の力になる。セルマの武器となり、盾《たて》となろう」

立ち上がりセルマの側で跪《ひざまず》き、膝《ひざ》の上に置かれていた手を取った。信者ならば手の甲《こう》にするだろうが、俺はセルマの指先に口付けを落とした。

これは信仰《しんこう》を示す口づけではなく、セルマへの敬意を示す口づけ。だから聖痕は避けた。

「疲れているんだったな。時間を取って悪かった。茶も、ご馳走《ちそう》さま」

「……………え？　あー……ええ。いいのよ」

よっぽど疲労《ひろう》が溜《た》まっているのか、セルマがぼーっとしたまま答えた。うつろな表情もかわいい。

「おやすみ。セルマ」

「おやすみ……テオ」

挨拶《あいさつ》を交《か》わし、俺は退室した。

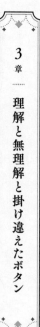

3章　理解と無理解と掛け違えたボタン

1

おかしい。

テオがおかしい。

エヴェリーナさまの悪魔祓《あくまばら》いをして以降、テオの私への好感度がなぜか上昇《じょうしょう》したみたいなのだ。

彼の好意が尊敬や信頼《しんらい》の意味合いならまだいい。難解なことに、彼はどうやら私に特別な——つまり恋愛《れんあい》対象としての——好意を抱《いだ》いているようだ。もうお手上げ、意味がわからない。わかりたくもない。

もともとテオはナミヤ教を疑い、内情を探《さぐ》ろうと入信したはず。ちなみに、その件は解決したはずだ。教団自体は善良な組織で、私にちょっとした癖《くせ》があったということで。

そのうえ私は悪魔《あくま》に復讐《ふくしゅう》を果たすため、テオを利用しようとした。彼に同情されることも、変に肩入《かたい》れされることも嫌《いや》だったので、私を嫌《きら》うように仕向けた。

なのに、なぜッ！

百歩譲ってそういう感情は心の中に秘めておくとか、せめて二人きりの時に出すとかしてくれればまだよかった。しかしながらテオときたら場所も状況《じょうきょう》も一切顧《いっさいかえり》みようとせず、どこであろうと遠慮《えんりょ》なく私にぶつけてくるから始末に負えないのである。

「そこ、危ないぞ」

「――っ？」

……たとえば、こんな風に。

渡り廊下《ろうか》を歩いていたところ、テオが突然《とつぜん》私の腰《こし》に腕《うで》を回し、グイッと強く抱《だ》き寄せた。

「テオ、あの……？」

見上げると、無駄《むだ》に頼《たの》もしい笑《え》みが返される。

「昨日の嵐《あらし》で柵《さく》の土台にヒビが入っている。身を乗り出したら崩《くず》れるかもしれない。気をつけた方がいい」

「あ、ありがとう」

その言葉に嘘はなく、彼が指摘《してき》した場所には細い亀裂《きれつ》が入っていた。ただし私は食堂へ向かう途中《とちゅう》であり、柵から身を乗り出す予定などないし、これまでにそんな奇行《きこう》に走った覚えもない。ついでに言えば亀裂はとても小さいので、崩壊《ほうかい》の危険もないはずだ。

これが私に触れたいがための単なる理由づけであり、彼なりの愛情表現ならまだいい。正々堂々とお断りできるからだ。

しかしながらテオにしてみれば、私を本気で助けようとした結果なのである。私を気遣《きづか》ったからこそ、抱き寄せ助けてくれたわけで……要はタチが悪い。

「テオ、私は大丈夫《だいじょうぶ》だから……腕、放してくれない？」

「わかった。だが、気をつけろ。君は見ていて危なっかしい」

テオが聖女付きの輔祭《ほさい》になって約半年。あんなにつんけんしていた男は今や私に超過保護で、ベタ甘で、心配性《しょう》の男になった。

そういえば、私を呼ぶ時の二人称《ににんしょう》もいつの間にか「おまえ」から「君」に変わった。彼の中では好感度によって二人称が変化する仕様になっているらしい。

テオが離れホッとしたのも束《つか》の間《ま》。今度は手を差し出してきた。

「繋《つな》ごうか？」

「ありがとう。でも気持ちだけで結構よ、一人で歩けるから」

もうたくさん。お腹《なか》いっぱい。

そもそも、彼は女性恐怖症《きょうふしょう》だったはず。どうしてこんなにも触《ふ》れたがるのか。恐怖症が治ったのだとしても、こんな反動があるなんて聞いたことも見たこともない。

事情を聞かずに悪魔祓いに協力してくれるのはありがたい。が、日頃《ひごろ》からこんな状況では心がちっとも休まらないし、悪魔祓いのたびにテオと口づけをしなくてはならないのかと思うと、憂鬱《ゆううつ》になっていくばかりだった。

……キス自体はいい、別になんとも思わない。私から始めたことなのだし。

私が納得《なっとく》できないのは、どうしてそれを濃厚に致《いた》す必要があるのかということ。しかも濃度《のうど》が上昇した理由を、テオが「つい」などという貧弱《ひんじゃく》な言葉で片付けようとしたことだ！

気分が荒《あ》れた日は決まって、悪夢を見るのが常だった。

『お嬢《じょう》ちゃん、どうだい。楽しくやっているかい？』

先の割れた長い舌からねばつく涎《よだれ》を垂らしながら、件《くだん》の悪魔が私に問う。

――ええ。ぼちぼち楽しくやってるわよ。

私は返答を心の中で念じるが、声に出すことはできない。身動きも取れず、悪魔から一方的に罵《ののし》られ嗤《わら》われるだけ。いつもこうだ。

『僕はセルマが心配なだけなんだ。だからいつでも相談しておくれ。その悩《なや》みごとまとめてセルマを食べてあげるから』

夢の流れはいつも同じ。獣頭《じゅうとう》の悪魔が私に一言二言告げて、その後大きな口を開いて私をパクリと食べるのだ。私は抵抗《ていこう》するどころか目を逸《そ》らすこともできず、真っ赤な目に見つめられながら呑《の》み込まれ、絶命する。

——救いようのない夢だ。

「セルマさま、疲《つか》れが溜《た》まっているのでは？　きちんと休んでおられますか？」

私を気遣ってくれたのは、神官のラーシュ。早朝の散歩の帰り道、たまたま彼と一緒《いっしょ》になった。

朝なので明るく「おはよう」と挨拶《あいさつ》をしたつもりだったが、第一声を発して早々、彼に心配されてしまった。

「ありがとう。そうね、疲れているのかも。でも、困っている人がいる限り、休むわけにはいかないわ」

「さすがセルマさまです、御身《おんみ》よりも信者たちを案ずるその優《やさ》しさっ！」

ラーシュは優秀《ゆうしゅう》な若者だ。

神官の家系に生まれ、恵《めぐ》まれた暮らしを享受《きょうじゅ》しているからこそなのか、曲がったりすれたりすることなく、誰《だれ》に対しても敬意を払うことを忘れない。おまけに、誰のどんな忠告にも耳を傾《かたむ》ける素直《すなお》さと柔軟《じゅうなん》さを併《あわ》せ持《も》っている。

正義感に溢《あふ》れ、人を助けることに喜びを感じられる、聖職者らしいできた人。

――女神《めがみ》の加護、ラーシュにもあってよさそうなのに。ラーシュほど真面目に女神ヲウルを盲信《もうしん》している信者も珍《めずら》しいわよ。

彼が長らく仕えていた先代団長のアピオンさまは、テオを連れてきた後ロェ神殿《しんでん》に隠居《いんきょ》してひっそりゆったり暮らしている。現在はエトルスクスさまが教団をまとめ、ラーシュはその補佐をしていた。

「ですが、一つだけわたしにはどうしても納得いかないことがございます」

眉間に皺《しわ》を寄せながら、ラーシュが眼鏡をクイッと上げた。彼がこんなに強く不満を示すなんて滅多《めった》にない。よっぽどのことなのだろうと身構える。

「テオフィルスさまのことです。わたしは、彼の態度がどうしても納得できません」

彼の口から飛び出た名に、背中がピクッと強張《こわば》った。

「それは……まあ……。でも、テオは聖女付きなのだし」

ラーシュに同調すべきか、問題ないと否定すべきか、いっそすっとぼけるべきか。

「聖女付きであり、王家に連なる血筋だとしても、テオフィルスさまのここ最近のセルマさまへの態度は目に余ります。聖女に対する敬虔《けいけん》なものとは思えません。彼はセルマさまのことを、恋人《こいびと》か何かと勘違《かんちが》いしておられる」

恋人、という単語に、腹の底がずんと重くなるような衝撃《しょうげき》を受ける。

──恋人なわけないけど、やっぱりそう見えるわよね、異常よね……。

「ナミヤ教の聖職者にも婚姻《こんいん》は許されています。もしもセルマさまが彼を慕《した》っているということなら、わたしがとやかく言える立場ではないのですが……」

そう言って、ラーシュが私の出方を窺《うかが》った。

テオの態度に同じ悩みを抱《かか》えている者としては、全面的にラーシュの言葉に同意したい。しかし聖女という立場上、テオをボロクソに貶《けな》すわけにもいかない。

「テオとの関係は聖女と輔祭でしかありません。ラーシュの気持ちもわかるけれど、テオに失礼よ。彼はあれでも王弟なのだから」

「あれでも」

ちょっとだけ。ほんのちょっとだけ、「私もテオに迷惑《めいわく》しています」の気配を匂《にお》わせた。

ラーシュはもちろん嗅《か》ぎ取《と》ってくれ、私の言葉の一節を復唱しながら苦笑い。

しかしそれは一瞬《いっしゅん》で、小言がさらに勢いづく。

「だいたい、これまでの彼の横柄《おうへい》な態度も、わたしは疑問に思っていたのです。セルマさまを呼び捨てにし、敬語も使わず、『おまえ』だのなんだの。まず人として傲慢《ごうまん》すぎます。やはり彼も贔屓《ひいき》せず、輔祭の叙階を与えるよりもまず神学校に入れるべきだったのです！」

本来ラーシュは忍耐《にんたい》の人なので、不満があっても口には出さない。にもかかわらずこんなにもくどくど語るということは、テオへの鬱憤《うっぷん》が限界まで溜まっていたということだ。

「ありがとう。ラーシュはわたくしを気遣ってくれているのですね。できれば、テオもあなたくらい思いやりのあるよき信徒となってくれたらいいのだけど」

「まだまだ時間はかかるでしょうね。王族だろうがなんだろうが、ここではナミヤの一信《いち》徒にすぎません。もっとご自分の立場を客観視して頂きたい」

聖女というのは難しい。本音ではラーシュに同意したいが、それでは角が立ってしまう。

ただ、ラーシュから指摘されるということは、同じように疑問に思う者が他にいてもおかしくない。

テオのスキンシップは、誰といるか、場所がどこであるかなど関係なく、私にとって突然行われる。神殿正門然り、渡《わた》り廊下然り。予測不可能なのが腹立たしい。

祝福の接吻《せっぷん》はどうしようもないとしても、その他はやめさせるべきだ。さもなくば、変な噂《うわさ》が立つことだってありうる。

私は再度ラーシュに礼を告げ、その思いは受け止めたからと頷《うなず》いてみせた。

「わたくしから、テオに話をしてみます。もう少し……あ」

正面から一人の男が現れた。輔祭のマントを燕尾ベストの上に羽織った、噂の男だ。

「セルマ、おは――」

テオは私を見つけるや否《いな》や、右手を上げて笑顔《えがお》で駆《か》け寄《よ》ってきた。ところが彼は私の隣《となり》にラーシュがいることに気づくと、あからさまに表情を変えた。

爽《さわ》やかな笑顔から一転、眉間《みけん》と鼻元に皺《しわ》が寄り、酷《ひど》い顰《しか》めっ面《つら》である。

「どうしてラーシュと一緒にいる？」

私が答えるよりも早く、ラーシュがテオの正面に立った。

「おはようございます、テオフィルスさま。セルマさまと二人きりでどうしてもお話ししたいことがございまして」

ラーシュの方は表情にこそ出さないが、声の温度がとても冷たい。テオを歓迎《かんげい》していないことが丸わかりで、まさに火花バチバチの様子だ。

——まず、ラーシュとも散歩の帰りに偶然《ぐうぜん》会っただけなんだけど⁉

テオは腰に手を当て顎《あご》を引き、威圧《いあつ》するようにラーシュを睨《にら》む。

「相談？　単なる報告か？　内容は？」

「いいえ、お気になさらず。セルマさまとわたしだけの秘密です」

ラーシュが私に目配せするのと同時に、テオも私に鋭《するど》い視線を向けた。

——わ、私を見ないで……巻き込まないで……！

「では、わたしはこれで。仕事がありますから。セルマさま、先程《さきほど》の件はくれぐれもご検討をお願いいたしますね」

「え、ええ、わかったわ」

マントをばさりと翻《ひるがえ》したラーシュはテオに冷ややかな一瞥《いちべつ》を投げると横すれすれを通り、その場から静かに去っていった。

二人がすれ違う時の空気は、本当に私の肝《きも》を冷やした。

悪いのはテオだ。私に近づきすぎるのがいけないし、ラーシュにガンを飛ばすのもいけない。王弟のくせに、ガラが悪すぎる。

でも、そんなことを言ったところでテオはわかってくれないだろうし、余計反発されるのが目に見えていた。

「セルマ、ラーシュはなぜここに？　何の話をしていた？」

さっきまでラーシュがいたところ――私の隣にちゃっかりおさまったテオは、何事もなかったかのように私に並んで歩きだした。

「なぜって、たまたま会っただけよ。話くらい誰とでもするわ」

「ラーシュは君に何を言った？」

テオのしつこさに私は足を止め向き合った。

「ラーシュが秘密だと言ったの、聞こえなかった？」

「…………」

反論はないものの、唇《くちびる》を尖《とが》らせ不満をあらわにしている。その意思表示の子どもっぽさに、私は軽くため息を吐《つ》く。

「テオの方こそどうしたの？　いつもなら、朝はまっすぐ私の執務室《しつむしつ》に来るのに」

「セルマがいなかったから、迎《むか》えに」

「…………っ、それはありがとう」

子どもか！　と言いかけたが堪《こら》えた。手早くテオの機嫌《きげん》を取って、いつもの日常に戻《もど》ろう。……いや、大の大人の機嫌をどうして他人の私が取ってあげなくてはならないのか。なんとなく腑《ふ》に落ちなくて居心地《いごこち》の悪さを感じていたところ、テオがぽつりと呟《つぶや》いた。

「気に入らない」

「え？」

何が、と聞き返すよりも先に、テオが自ら説明してくれる。

「俺の知らないことをラーシュと君が二人だけで共有しているというのが、とても不快なのだが」

「なのだが。じゃないわよ。ラーシュは神官で私は聖女。それでもってあなたは輔祭。立場上テオには話せないこともある」

ラーシュにテオとの距離感《きょりかん》を指摘された……などと、本人に直接は言いにくい。正直に伝えて逆にギクシャクしても困る。

だから私は話をすり替《か》え、納得させようとした。……のだけれど。

「それでも不快だと言ったらどうする？」

想像以上にテオは諦《あきら》めが悪かった。

「俺がここに来たのは半年前だ。それ以降のセルマしか知らない。つまり俺はラーシュに比べ、知っている君の情報が少なすぎる。これはまずい。由々しき事態だ」

──私の方こそまずい。これは、いけない。

悪い予感がした。テオが何かを摑《つか》みかけている。それは私には不要のもので、聖女の業務にも私個人の野望にも全く必要がないどころか、時には邪魔《じゃま》になる可能性のあるもので。

「きっ気のせいよ、どこが由々しいのよ?」

「言っただろう、俺は君の一番の理解者になりたいと。このままではラーシュにその座を奪《うば》われる。俺は、……──」

言《い》い淀《よど》み、空色の瞳《ひとみ》が逸らされた。テオは俯《うつむ》き口に手を当て、何かを考え込んでいる。

「……『俺は』、何なの?」

言葉の先が知りたくなって、よせばいいのに尋《たず》ねてしまった。その声を辿《たど》るようにして、テオが私の顔を見る。

「俺は……セルマが……好き、なのか?」

「ええ……?」

「私に聞かれましても!」

受け入れるよりも否定するよりも何よりもまず、私は困惑《こんわく》した。わざわざ打ち明けるのならば、せめて断定の形で言ってほしかった。

「多分……いや、そうだ。確実に。俺は君が好きなんだ。君に恋《こい》をしているんだ！」

「絶対違う、気のせいよ。テオは私のことなんか好きじゃないわ。百歩譲《ゆず》ってもせいぜい『友情』よ、その気持ちは『恋』とは違う」

私は必死に訴えた。テオに答えを急かしたのは完全に悪手だったものの、自覚したばかりなら、錯覚《さっかく》だと思わせることもまだ間に合うに違いない。今後テオにもっともっと冷たく接すれば、きっとそのうち「気のせ《せ》いだった」と正常に戻ってくれるはずだと、私は望みを捨てなかった。

しかしテオは私の想像の斜《なな》め上を行った。

「この感情が『好き』ではないとしたら……、『愛』かっ！」

──そう来る～!?

もしかして、私は愛が生まれる瞬間《しゅんかん》に立ち会ってしまったのだろうか。嬉《うれ》しくない。

当事者にさせられてしまったのだから、余計に。

ただでさえ私たちは手を伸《の》ばせば触れられる程《ほど》近い距離に立っているというのに、テオはさらに一歩踏《ふ》み込んできた。そして私に捲《まく》し立《た》てる。

「君を愛しているのなら、全て辻褄《つじつま》が合う。君が無性《むしょう》にかわいく見えるのも、つい目で追ってしまうのも、他の男と話しているだけで苛立《いらだ》ってしまうのも全部、愛しているがゆえだったのだ！　君を、愛しているからっ！」

「……テオ、ひとまず深呼吸をしましょうか。ハイ吸って〜、吐《は》いて〜」

彼は冷静さを欠いていた。エヴェリーナさまの二《に》の舞《まい》とならないようにしているのか、強引《ごういん》なことをしようとはしない。でも、暑苦しい。ちょっと引く。

軌道《きどう》修正を期待しながら、私はテオに優しく告げる。

「ご存じのとおり、私は人の心が読める。その洞察力《どうさつりょく》を駆使《くし》してみるに、テオは私を愛しているわけではない。実はそんなに好きでもない。初めて異性の友人ができて、ちょっと舞《ま》い上《あ》がっているだけなのよ」

「異性の友人？　セルマが？」

深呼吸によりほんの少し興奮が落ち着いたテオは、静かに耳を傾けてくれている。

「そうよ。聖女と輔祭は上下関係があるけど、王弟という身分も考慮《こうりょ》すると、差し引きの結果同列の友人みたいになるでしょう？　だから――」

「いいや、違う。俺の感情を君が勝手に決めないでくれ」

彼は頑《かたく》なだった。しかし私も往生際《おうじょうぎわ》が悪いのだ。

「わたくしは聖女よ？　これまで一体どれだけの人の心を読んできたと思っていらっしゃるの？」

「セルマは俺の想《おも》いが面倒《めんどう》だから、適当なことを言って片付けようとしているだけだ」

「……チッ」

せっかく聖女っぽく説き伏せようとしてみせたのに、全く意味をなさなかった。腹いせに舌打ちなどしてみるが、テオに無視されてしまう。

突然、彼の手が私の肩《かた》に置かれる。両肩《りょうかた》をガシッと掴まれて、私は気迫《きはく》にビクついた。

「セルマ、君を愛している。君の気持ちが俺にないことはわかってる。だからこれから俺のことを好きになってほしい。そのための努力は惜《お》しまない。少しずつでいいから、俺を一人の男として見てくれ」

――私のこと、大して知りもしないくせに。

もしも告白されたならこてんぱんに振るつもりだったのに、猛烈《もうれつ》に何もかもが面倒臭くなった。聖女の私がなぜこんな話を。なぜ。今、私は何をしているのだろうか。

テオの瞳は潤《うる》み、生気に満ち溢れていた。表情もいきいきとして、初めての感情に大変高揚《こうよう》しているように見える。

それゆえ、私との温度差には、どうやら気づいてはくれないみたいだ。

「わかったわかった、一応覚えておくわね。じゃあテオ、執務室へ戻りましょうか」

「……本気で？　本気でその対応でいいのか？」

肩に置かれた手をやんわりと解き、適当にあしらおうとすると、テオがしぶとく追いかけてきて抗議《こうぎ》した。私のつれない対応に恋心《こいごころ》とやらが冷めてほしいが、どうだろうか。

早足で歩きながら、私は何事もなかったように振る舞う。

「熱いお茶が飲みたいわ。早く部屋に戻りましょう」

2

前回悪魔祓いをして以降、テオの変貌《へんぼう》はあれど、私たちは三ヶ月の間平和な暮らしを送っていた。もともと、悪魔祓いの依頼《いらい》というのは年に数回のことだ。そうそう頻繁《ひんぱん》にあるものではなく、以前のペースに戻ったと言ってもいいのかもしれない。

私の復讐の進捗《しんちょく》はさておき、平和なのはありがたい。心穏《おだ》やかでいられるし、祝福の接吻を口実にベロチューを仕掛《しか》けられることもない。

純粋《じゅんすい》にその喜びを噛《か》み締《し》めればいいと思うものの、ではどうして数ヶ月という短期間に悪魔が四体も現れたのか、私はその理由が気にかかっていた。ついでに、『ファリエル』という名前のことも。

「セルマ、入るぞ」

いつもの対話を終え信者が退室していった後、誰かが部屋にやってきた。

私のことを呼び捨てにする人は多くなく、また、掠《かす》れた声からもそれが誰かはすぐわかった。

「ごきげんよう、エトルスクスさま」

祭服には主教帽《ぼう》を合わせるのが通常のところ、エトルスクスさまは黒い山高帽を被《かぶ》っていた。ちぐはぐだが、気持ちはわかる。フェルトで作られた山高帽の方が、彼のつるんとした頭には温かくて快適だからだ。外出するときは特に。

つまり、ここに来る直前まで外にいたに違いない。

にしても、膝《ひざ》が痛いと毎日のようにぼやいているエトルスクスさまが、わざわざ私の執務室まで階段を上って訪ねてくるとは珍しい。

「ああ、そんなに身構えなくていい。重大な用件ではないからな。……ところでテオフィルス殿下、神殿での暮らしにはそろそろ慣れましたか？」

彼はソファに腰《こし》掛《か》けて、私の後ろに立つテオに話しかけた。

「ええ、団長。入信を決めたのは正解でした。以前と比べ毎日が充実《じゅうじつ》しています」

なんだか背後から熱い視線を感じるが、私は気づかないふりを決めこむ。

「それはよかった。ここのところ悪魔祓いの件で肝を冷やしておりましたが、ようやく落ち着いたようですな。殿下のご協力があってこそです。なあ、セルマ」

エトルスクスさまはお茶売りの青年の悪魔祓いこそ立ち会ったが、それ以降の二件については報告を受けるだけに終わっている。

「ええ、もちろん。テオのように剣《けん》の心得のある者がいてこそ、聖なる力が発揮できたのだとわたくしも考えています」

この言葉に嘘《うそ》はない。たとえ私に聖なる力が宿っていたとしても、剣の鍛錬《たんれん》もなしに悪魔を撃退《げきたい》できるとは思えないからだ。

エトルスクスさまの目もあったので、私はテオに微笑んで、「ほら、この通り感謝していますよ」というアピールをしておく。

愛の告白を受けてからというもの、私はテオにわざと冷たく接していた。気のない対応をしていれば、そのうち熱も冷めてくれるのではないかと期待してのことだ。

その一方で、聖女としての体面を保つため、時折こうやって彼に信頼を寄せる必要にも迫られていた。そうして生まれたこの振り幅《はば》が、テオにとっては「飴《あめ》と鞭《むち》」的ないい刺激《しげき》となり、ますます彼を付け入らせることとなってしまっているのだろう。

私の言葉にテオはあからさまに反応し、目を輝《かがや》かせて何か言おうとした。

「セル――」

「己《おのれ》の不足を認め、それを補ってくれる他者と助け合う。これぞナミヤ教の教えそのもの！　なあ、セルマ！」

ところが、エトルスクスさまに遮《さえぎ》られてしまう。耳が少し遠いせいか、テオの声が届かなかったようだ。

テオを不憫《ふびん》に思いながらも、満足そうに膝を打つエトルスクスさまに、話の先を促《うなが》す。

「でも、エトルスクスさまのご用事はまた別のことでしょう？」

「またそうやって人の心を読む……」

エトルスクスさまは眉《まゆ》をひそめ、ゴホンと咳払《せきばら》いをした。

「安心してくれ、どちらにしろ深刻な話ではない。実は先ほどアピオンさまにお会いしてきたのだが、セルマに遊びにきてほしいとおっしゃってな。ロェ神殿に隠居したはいいが、刺激が少なくてつまらんらしい」

「まぁ……」

思っていたのと違った。想像以上に暢気《のんき》な内容だった。

「悪魔祓いも落ち着いているようだし、セルマよ、どうだ？　近いうちに遊びに行ってはくれんか」

「アピオンさまったら、自由ですね。あの方らしいというか」

アピオンさまはとてものんびりしたお方だ。その独特のおっとり具合と人好きのする柔《やわ》らかい笑顔で、誰とでもすぐに親しくなってしまう。

私は教団で育ったが、アピオンさまはまるで本物のおじいちゃんのように私をかわいがってくれた。エトルスクスさまには厳しく叱《しか》られたこともあるが、落ち込んでいる時などは特に、アピオンさまの優しさに救われたものだ。

「そういうわけだから、都合をつけてくれ。セルマのためにとびきりのお茶を用意してあるとおっしゃって、首を長くして待っておられる」

そこまで言われて誰が拒否《きょひ》できようか。アピオンさまもご高齢《こうれい》。お世話になった相手だし、元気なうちにお顔を見に伺《うかが》うことは私としてもやぶさかではない。

「承知いたしました。茶葉が古くなる前に是非《ぜひ》ともお邪魔させていただきます」

エトルスクスさまから伝言を受け取ってすぐ、私はアピオンさまに手紙を出した。返事は直ちに返ってきて、あっという間に予定が決まった。

そうして私はテオを引き連れ、アピオンさまの住むロェ神殿へと向かったのである。

アピオンさまは九十歳、教団の誰よりもナミヤ教に詳《くわ》しい。もしかしたら悪魔祓いのことについても、有益な情報をくださるかもしれない。

「標高はヲウル神殿ほど高くないけど、やっぱりここの見晴らしは格別よね」

ロェ神殿は山の斜面《しゃめん》を削《けず》るように建てられており、海の眺《なが》めが素晴《すば》らしい。夕暮れ時には水平線の向こう側に太陽が沈《しず》んでいく様子がじっくり観察できるので、アピオンさまが終《つい》の住《す》み処《か》に選ぶのも大変納得だった。

「俺はセルマの部屋から眺める景色の方が好きだな」

「私の部屋からは森、森、時々少しの市街地よ。全然違うじゃない」

ヲウル神殿は山頂に建立《こんりゅう》された神殿だ。私の部屋はその最上階にあり、外の景色が一望できた。南の窓からは王都トリンザが、北東の窓からは隣国《りんごく》マゼのユミタール大森林、その遥《はる》か向こうにマゼの王都ラクシャが見えた。

しかしながら窓の向きの都合上、海はどうしたって見ることができない。ないものねだりじゃないけれど、見えないとなるとどうしても、見える立地を羨《うらや》ましく感じてしまうのだ。

「そうか。どちらにしろ、俺はセルマが側にいればどこだっていいのだが」

テオがサラッと歯の浮《う》く台詞《せりふ》を口にした。その程度で照れる私ではないので、呆《あき》れた、とばかりに白けた反応をする。

「私じゃなくて景色を堪能《たんのう》しなさいよ」

しかし彼はへこたれない。それどころか、馬車の窓から吹《ふ》き込んでくる風に金色の髪《かみ》をそよがせながら、私を真剣《しんけん》に見つめる。

「目の前に、景色よりも美しいものがあるのに？」

気持ちを自覚してからのテオは、以前にも増してしぶとくなった。

これはある種の闘いである。正直言ってテオは見た目に大変恵まれており、性格も悪くない男だ。その彼にこんなに熱心に見つめられたら、恋愛感情がなくても頬《ほお》の一つや二つくらい赤らめてしまいそうになる。

私は深呼吸をして、塩対応に徹《てっ》しなければと再度心に固く誓《ちか》う。

「そんなことを言っていたら、どこに旅行に行ったとしても全然楽しめないじゃない」

誰かと一緒に旅するのなら、感動を分かち合いたいと思うのが普通《ふつう》だ。それがテオに理解できないというなら、一人で旅した方がいい。

そういう意味で言ったのに、テオは「そうだろうか」と私の意見を真っ向から否定した。

「セルマと旅をするのなら、行き先がどこであろうと俺は楽しめるよ」

空色の瞳がキラキラしている。私はつい、その輝きに囚《とら》われた。

テオにときめいたのではない。あまりにも彼が純粋で、飾《かざ》りっ気のない本心を堂々と私に打ち明けるので、毒気を抜《ぬ》かれてしまっただけだ。

「今も楽しい。潮風に揺《ゆ》れる君の髪も綺麗《きれい》だ。何より、惚《ほ》れた相手が楽しそうにしているのを見ると、俺も楽しくなる」

「……そう」

――私の負けだ。

言葉には出さない。そもそもこれは勝ち負けの問題じゃないし。

テオが私をどう思おうが、テオは実際いい話し相手だった。彼は私の正体を知る唯一《ゆいいつ》の人物で、彼といる時は素の自分を曝《さら》け出《だ》すことができた。

そういう意味では私の唯一の理解者と言ってもいいのかもしれない。……いや、正体を知られたのはやむにやまれぬ事情があったせいだけど。

とにかく、テオとの時間が嫌《きら》いではなかったし、意地を張ってみてもいいことはないのでは？　と考えを改めただけだ。

「あ、笑った」

太陽に照らされ光る波間を眺めていたら、テオの呟きが耳に入った。え、と彼の方を見ると、蕩《とろ》けるような表情で私に微笑む姿があった。

「今のは自然でよかった。二百点。聖女中の微笑みなどよりずっと価値がある。素のセルマが一番かわいい」

――なんでテオが採点するのよ。そしてなんで私もちょっと嬉しくなっちゃうのよ！　ポッと照れてみせればよかったかもしれない。けれど、それが与《あた》える影響《えいきょう》が恐《おそ》ろしくて、結局自分を押し止《とど》めた。テオのことをあしらいすぎるのもよくないのかも、と思いかけていた矢先だったので、私は気を引《ひ》き締《し》める。

「あー、はいはい」

私としてはテオの告白に「ありがとう、私もよ」と応じる日は来ないと確信している。だからいつもさらりとした会話を心がけているというのに、テオのこの、粘《ねば》り強《づよ》さよ。

馬車を降り、私たちはロェ神殿の敷地《しきち》に立った。

ヲウル神殿とは空気感が違う。磯《いそ》の香りがほのかに漂《ただよ》い、耳をすませば波の音も聞こえてくる。肌《はだ》に感じる湿度《しつど》、神殿を囲む植物。それこそ、小旅行に来たような非日常感。

数時間ぶりの伸《の》びをしているテオに、私はひとまず声をかける。

「私はアピオンさまとお会いしてくるわ。テオはどうする？　一緒に行く？」

「ああ、挨拶だけ。アピオン殿《どの》には世話になったからな。だが、その後は神殿の周囲を散策してみたい。頃合《ころあ》いを見計らって迎えにいくから、二人で会話を楽しむといい」

私がラーシュや他の若い男性と二人きりになった途端《とたん》にやきもちを焼くくせに、テオに余裕《よゆう》を感じるのは相手が高齢のおじいちゃんだからか。

その方が私としては楽なので、言及《げんきゅう》は控《ひか》えて二人でアピオンさまの居室へと向かった。

「やあ、セルマ！　あなたが会いにきてくれるのを待ち侘《わ》びていましたよ」

扉《とびら》が開いてすぐ彼は立ち上がり、私たちのそばへと駆け寄った。アピオンさまは平均寿《じゅ》命《みょう》をとうに過ぎているはずなのに、背筋はしゃんとして足取りも確かで、高齢者だとは思えないくらい若々しい。

「お久しぶりですアピオンさま。なかなか会いに来ることができず、申し訳ありません。アピオンさまがヲウル神殿を去られたあと、仕事や対話の引《ひ》き継《つ》ぎでごたごたしてしまいまして。教団の運営はエトルスクスさまが抜かりなくなさっていますが、それ以外はわたくしに振られるものも多く、忙《いそが》しくさせてもらっています」

彼につられて笑顔になり、あわせて不義理の言い訳も添《そ》える。

「なあに、僕がこの年でもこなせていたのですから、すぐにセルマも慣れるでしょう」

さあ入って、と促され、私たちは部屋の中央に進んだ。掃《は》き出し窓近くのテーブルにはすでに茶器が用意してあり、アピオンさまが私の来訪を心から楽しみに待っていて下さったのがよくわかった。

椅子《いす》には手編みのラウンドクッションが載っている。アピオンさまが編んだのだろうか。編み目が歪《いびつ》で均等でないあたりに、慣れていない人が必死に編んだ感じがよく出ていた。

「テオフィルス殿下《でんか》も、お久しぶりです。教団の暮らしはいかがですか？　戒律《かいりつ》の中で暮らすのも、いい経験でございましょう？」

「……ええ、王宮では味わえなかった新鮮《しんせん》な毎日を送っています」

はた、と私はテオを見上げる。

──声が硬い。表情も硬い。

アピオンさまに緊張《きんちょう》しているのだろうか。……そんなことはないはずだ。だって彼らには面識があり、会話だってこれが初めてではないのだから。

沈黙《ちんもく》を作りたくなくて、私は急くように口を開く。

「改めまして、本日はお招きくださりありがとうございます。エトルスクスさまから美味《おい》しいお茶のお話を聞いて、とても楽しみにしていたのです」

「それはよかった。早速お茶を淹《い》れるとしようか。テオフィルス殿下もどうぞ」

アピオンさまに座るように促され、テオが何か言おうとする。

「あ、俺は――」

「彼は一人で神殿の周囲を散策したいんですって。わたくしも、アピオンさまにご相談したいことがあったので、ちょうどいいかなと。……ね？」

そうだったよな、そうだと言え。そんな圧力をかけながら、私はテオをじっと見つめる。

「本当に――」

「満足したら迎えにいらしてね。それまでアピオンさまとゆっくりお話ししていますわ」

テオに余計なことを喋《しゃべ》らせてはならない、と私は瞬時《しゅんじ》に悟《さと》った。ただでさえ思っていることが顔に出るのだ、早くこの場から出て行ってほしくてたまらなかった。

何か言いたそうなのを無視し、両手でテオの背中を押して半ば無理やり外へ追い出す。

「……テオフィルス殿下のお茶も、喜んで淹れたのですけどねえ」

アピオンさまが残念そうにおっしゃるので、空気を変えようとパンッと手を叩《たた》いた。

「そうでした、アピオンさま。わたくしお土産《みやげ》にエッグタルトを持って参りました」

彼の目が輝いたのを見逃《みのが》さなかった。バスケットの蓋《ふた》を開けると、おお、と小さな感嘆《かんたん》の声が飛び出す。

「これは僕の大好物だ。どうもありがとう、セルマ」

アピオンさまはニコニコしながら、皺だらけの手でいそいそとお茶の準備に取り掛かった。匙《さじ》を持つ手が震《ふる》えているが、茶葉を掬《すく》うには問題ない。

「それにしても、どうしてテオフィルス殿下を追い出すような真似を？　一緒でもよかったのに、何か理由でもあったのですか？」

「実は、エッグタルトが四つしかなくて。テオがいると一つ余って取り合いになってしまうでしょう？　わたくしとアピオンさまだけなら、仲良く二つずつ食べられますもの」

茶目っ気たっぷりに微笑んでみせると、アピオンさまもくしゃりと笑った。

「ははあ、なるほど。セルマは食《く》いしん坊《ぼう》さんですね」

ポットに湯を入れ少々蒸《む》らしてから、小さなカップに琥珀色《こはくいろ》の液体を注ぐ。湯気とともに香りが立ち、エトルスクスさまのおっしゃっていた「とびきりのお茶」というのが嘘でないことを確信する。

「とても独特な香り。いい香りですが、もしかしたらエッグタルトとは合わないかも」

「心配ご無用。少々癖のあるお茶ですが、味は意外と穏やかなのですよ」

どうぞ、と目の前に差し出され、私はそっと唇をつける。熱いので、少しずつ。

「……本当だ、美味しい」

味には癖がなく、すっきりとした飲み心地《ごこち》だ。私の呟きに、アピオンさまが誇《ほこ》らしげに微笑む。

「でしょう？　とびきりの茶葉が入ったと馴染《なじ》みのお茶売りが熱弁するので、つい負けて購入《こうにゅう》してしまったのですよ。ただ……」

その瞬間空気が静まり、アピオンさまの表情が沈む。私はそれだけで察した。

「セルマならばお見通しですね？　……そう、この茶葉を持ち込んだのは、セルマが悪魔祓いをしたお茶売りの青年なんですよねえ」

あのお茶売りは、昔から教団に出入りしていた商人だった。三代前から付き合いがあり、王都周辺の神殿は彼から茶葉を買っていた。

ハッとして、私は口を押さえた。

「まさか、このお茶に何か入って……⁉」

アピオンさまは笑った。

「安心なさい、普通のお茶ですよ。この僕が、大事なセルマに変なものを飲ませるわけがありますか」

大事なセルマ――。その言葉にふっと笑い、アピオンさまに相談を持ちかける。

「アピオンさま、以前から悪魔祓いは依頼があればその都度実施《じっし》していましたが、ここのところ以前には見られなかった手強《てごわ》い悪魔が現れるようになっていて」

一体何が起きようとしているのか。不安げに私が打ち明けると、アピオンさまがうんうんと頷いた。

「エトルスクスからも聞いていますよ。大変なようですねえ」

「こんなこと、初めてです。なぜなのでしょうか。アピオンさま、どんな些細《ささい》なことでも構いません。何かご存じではありませんか？」

私はカップをテーブルに置き、アピオンさまを覗《のぞ》き込んだ。

たくさんの皺と、シミが散らばった顔。それは、彼が長らく生きてきた証《あか》しだ。

アピオンさまが肩から力を抜き、ふっと息を吐いた。

「セルマの瞳はとても美しい。手《て》の甲《こう》には聖痕《せいこん》もあり、悪魔を屠《ほふ》る聖なる力も持っている。……聖女だ。セルマは誰が見ても、ナミヤ教に伝わる通りの、聖女」

手を伸ばし、テーブルの上にあった私の左手を取ると、甲に刻まれた聖痕を指の腹でゆっくりとなぞった。

「女神はあなたに何を語りかけますか？」

「……人々を悪魔から救えと」

「そうですね。悪魔に取り憑かれてもいいことなんてありませんから。時間の経過に伴《ともな》って、後遺症も重くなる。内側から食べられていくわけですから」

――この自信満々な口ぶり。アピオンさまは悪魔に取り憑かれた人がどうなるか知っている。つまり……。

「この聖痕が刻まれた時のことを覚えていますか？」

「いいえ。もしかしたら、生まれた時からここにあったのかもしれません」

ギリギリのところで命拾いした。手首を握《にぎ》られていたなら、この暴れるような脈拍に気づかれていたはずだ。いくら平常心を装《よそお》っていても、生理的変化はごまかせない。

「そういえばアピオンさま、『ファリエル』という名に心当たりはございませんか？」

手のひらの汗《あせ》を悟られる前に、話を逸らして手を引っ込めた。

「ファリ……？」

「ファリエル。倒《たお》した悪魔が口にしていた名前です。『ファリエルさま』と、敬称《けいしょう》もつけて呼んでいたのです」

アピオンさまはキョトンとして名を繰《く》り返《かえ》すが、それが演技かどうかは難しいところだ。

「さあ、わかりませんねえ。もしかしたら、悪魔の親玉か何かでしょうか？　低級の悪魔を操《あやつ》っている存在、とか」

質問を重ねればそのうち判明するだろうが、その前に私が彼を疑っていることがバレてしまう。どうしたものかと考えていると、アピオンさまから尋ねられる。

「もしそうだとして、セルマはどうします？」

「決まっています。聖女として、やるべきことをやるだけです」

もちろん私はブレない。いつだって、することは決まっている。

アピオンさまは目を細め、私を愛しげに見つめる。

「セルマには困難にぶち当たっても挫《くじ》けない心の強さがある。どうしてそんなに強くあれるのですか？」

「わたくしは聖女。人々の心の支えになる存在です。そのわたくしが弱くては、みんな困ってしまいますもの」

聖女にはなりたくてなったわけではない。ただ、自分にはこの仕事が合っていて、周囲も私が聖女たることを望んでくれている。

私は嘘偽《うそいつわ》りない気持ちを告げた。

その時、扉が開き先ほど追い出した人物が入ってきた。

時計を見れば、三十分経過というところか。想定よりも随分《ずいぶん》と早い。

「セルマ、雨が降りそうだ。道が悪くなるから早めに帰ろう。アピオン殿、これで我々は失礼する」

テオは手短に告げるやいなや私の手を取って、足早に出ていこうとした。あまりにも急で立ち上がるのすらままならず、椅子がガタンと大きく揺れた。

「わかった、わかったから。待って、急ぎすぎよ。せめてアピオンさまにお礼とお別れの挨拶をさせて」

改めてアピオンさまに向き直ると、彼はニコニコしながら私たちを眺めていた。

「お二人はとてもいい関係に見えますね。まるで聖女と輔祭という関係以上の、何かがあるような……？」

背中に汗が伝うのを感じながら、私は素知らぬ顔で答える。

「ええ、よき信頼関係を築けていると思っています」

アピオンさまが腰を上げた。私のそばに来て、名を呼び優しく抱き寄せる。

「セルマ、今日はどうもありがとう。短い時間でしたが、楽しかったです。次は僕があなたのお部屋にお邪魔しましょう。もちろん、とびきりのお土産を持って」

背中にあたる彼の手のひら。すぐそばに感じる息遣い、体温、匂い……。

アピオンさまとの抱擁《ほうよう》は、ちっとも珍しいことではなかった。子どもの頃なんか特に、本当の家族みたいに会うたびアピオンさまに抱きついていたくらいだ。

でも、恐怖を覚えたのは今日が初めて。

「ありがとうございますアピオンさま。お待ちしています」

いつもの笑みを顔面に貼りつけ礼を告げ、私たちは短いお茶会を終えた。


たしかに外は曇《くも》り空《ぞら》だった。しかし、ここに到着《とうちゃく》した時も似たような空模様だった気がする。あえて言うなら少しだけ、ほんのすこーしだけ、雲が厚くなったような……。

「表情が怖い。もっと力を抜いて、堂々として」

敷地内を歩きながら、私はテオに小声で注意した。

彼は思っていることがすぐ顔に出てしまう。手遅《ておく》れの気配を感じてはいたが、できることはやっておかねば気が済まないのが私の性分《しょうぶん》だ。

ロェ神殿の神官や修道女たちに礼を言いつつ、私たちは馬車に乗った。対面して座り、合図を送ると御者《ぎょしゃ》が馬を鞭で打つ。

馬車が神殿の敷地を越《こ》えてすぐ、テオが弾《はじ》かれたように私に食ってかかった。

「どうして俺を追い出す真似を――」

「黙《だま》って。静かにして」

窓の外に視線を定めたまま、私はピシャリと言い放った。本当ならばしばらく一人で思案に耽《ふけ》りたいところだったが、テオの口は黙らせても物言いたげな表情がうるさくて、苛立ちが我慢《がまん》できなくなった。

「いい加減にして、テオは顔に出すぎなのよ。揺さぶりをかけるまでもない。だから、あなたがあの場に居続けたら、アピオンさまにバレてしまうところだった」

――もしかしたらもうバレているかもしれないけど。

「バレて……？　それはどういう……いや、セルマ、」

うまく喋れていないけれど、何を言わんとしているかはわかる。どうせ「まさか気づいていたのか？」みたいなことだ。

「あなたの反応ですぐにわかった。……アピオンさまは、悪魔憑きなんでしょう？」

今日の今日まで気づけなかったのも仕方ない。以前お会いした時は、テオが女神から力を授《さず》かる前だった。それからずっと、お会いする機会に恵まれなかった。なによりも、アピオンさまはナミヤ教の前団長だ。そんなお方が悪魔憑きだと、一体誰が疑うだろうか。

「わかっていたならどうして俺を追い出した⁉　君は身を守る術《すべ》を持たないのだぞ？　あの場では俺を頼《たよ》るべきだった！」

その指摘は正しいだろう。もしもテオの不在時に襲《おそ》われることがあったなら、たぶん私は助からない。対抗《たいこう》しうる手段も力もなく、死ぬことだってあり得たはず。

「……私だって動揺することもあるわよ。いつも正しい行動が取れるとは限らない」

ぽつりと呟いた。

アピオンさまとは付き合いが長い。彼は私を孫のようにかわいがってくださり、いつだって私には甘かった。

そんな彼が。

肉親を殺されたのとはまた違う悲しみがあった。悪魔憑きだと見抜《みぬ》けなかった自分への呆れもある。そもそも、アピオンさまはいつから悪魔憑きだったのだろうか。最近か、それとも私が拾われるよりもずっと前か……。

「だからこその俺では？」

「はい？」

言葉の意図がわからなくて、私はテオに聞き返した。

「たとえセルマが何かの間違いを犯《おか》しても、俺がいれば助けることができる」

――「間違い」とは、言い過ぎなんじゃない？　別に間違ったわけじゃないし。

言い回しに引っかかるも、今はそれどころではない。返答を考えようにもうまくまとめることができず、テオに先手を取られてしまう。

「君を支えたい。……駄目か？」

彼らしいストレートな申し出は、すとんと私の胸に響《ひび》いた。好きとか愛とか関係なく、友人としてこの上なく嬉しい言葉だ。

信者にはこれまで散々「力になる」と励《はげ》まし続け、安心して私に寄りかかれるよう常に味方であり続けてきた。そして聖女歴十三年にしてようやく、私も信者たちの気持ちがわかったような気がした。

味方がいるのはとても心強い。立ち上がり、前進する勇気が湧《わ》いてくる。

――テオの手を取れたらどんなに楽になれるだろう。いっそ全て打ち明けてしまえたら。

ふ、と息を吐き、私はテオに笑いかけた。聖女必携《ひっけい》の誂《あつら》えた笑みではない。テオって本当にいい奴《やつ》だよねと思ったら、勝手に頬が緩《ゆる》んでしまった。

「ありがとう。でも」

──悲しいことに、私は聖女。それを忘れては私が私ではなくなる。

「テオは今のままでいい。悪魔祓いに協力してくれれば、それで十分なの」

悪魔祓いにこだわるのは、私怨《しえん》を晴らすため。だからテオには深入りさせない。これは私の問題であり、彼は私に利用されているだけなのだから。

テオが呆れている。前のめりだった上半身を、ため息とともに背もたれに預けた。

「ほんっとに君は、強情《ごうじょう》なやつだな!」

「そうよ私は強情なの。どうぞ嫌いになって?」

今度の笑みは、営業用。テオもそれに気づいてか、眉間に皺を寄せ目を逸らした。

「断る。誰が嫌いになるかよ」

ここまで言ってもなお私にこだわる執念《しゅうねん》、恐るべし。

3

長い距離を再び走り、私たちはヲウル神殿に帰還《きかん》した。雨は降ったが小雨《こさめ》程度。とはいえ、道の崩落《ほうらく》を恐れて何度か迂回《うかい》したために、戻りの時間が予定よりも遅《おそ》くなってしまった。

食堂はすでに閉まっていた。あらかじめ取り置きを頼んでいたから食事を抜かずに済みそうだが、食堂のテーブルを使うことができない。

テオは普段《ふだん》、他の職員たちに交ざって食事を取っている。それなのに今日は一人きりで自室で食べるのか……と想像したらなんとなく放っておけなくなり、侍女係《じじょ》に頼み私の執務室で一緒に食事を取ることにした。

これは決して先ほどのテオの言葉が嬉しかったから絆《ほだ》されたのではない。断じてない。

テオは育ちがいいからか、食事の所作がとてもきれいだ。フォークを野蛮《やばん》に握ったりせず、口に運ぶ一口の分量もわきまえている。口を閉じて咀嚼《そしゃく》するし、静かに食べるから同席することが苦にならない。

「遠出はどうしても疲れるわね。まあ、今日の疲れはそのせいだけじゃないんだけど」

お茶を飲むと、冷えた体が温まった。鼻につんと届くジャスミンの香りが、私をホッとさせてくれる。

顔を上げるとテオと目が合った。私のことを心配そうに見つめていた。

「セルマ、辛《つら》かっただろう。信頼していた相手が悪魔憑きだったなんて」

痛々しげな面持《おもも》ちのテオを、私は明るく笑い飛ばす。

「大丈夫よ、引きずるほど落ち込んではいないから」

へこんではいるものの、それを悟られたくはなかった。……すでに遅いといえば遅いけれど、これ以上同情されたくなかったのだ。

テオは私にデザートの入った器《うつわ》を差し出した。まだ手をつけておらず、フルーツケーキが載っている。

「よかったら、食べるか？　腹が膨《ふく》れれば無駄に頭を悩ませずに済む」

「つふふ、私がそんなに単純に見える？」

テオらしい考えに、つい声が漏《も》れた。

「先人の言葉に『衣食足りて礼節を知る』というのがあるだろう。俺からしたら、セルマは食べる量が少ない。もっと食べた方がいい。そうでないと、心にも余裕は生まれないぞ」

テオらしからぬ説得力に、私はぐぬぬと閉口する。

「……テオに諭《さと》されるの、なんだか不愉快《ふゆかい》なんですけど」

テオがフォークを置き、ニヤリと笑う。

「不愉快とはつまり、図星だということだろう？　俺がいて気づけたことだ、喜べ」

「偉《えら》そうだわ。まるで王族みたい」

「王族なのだが？」

そう言ってテオが噴《ふ》き出すので、私も堪えられなくなって噴き出した。いきいきとして楽しそうなテオ。そんな彼を見ていたら気分が少し戻ってきた。

「――さ、食事が終わったら帰ってくれる？　明日も朝が早いから、急いで寝支度《ねじたく》をしなくちゃ」

テオがお茶を飲みほしたのに合わせ、私は彼に退室を促した。

「そうだな。今日は誘《さそ》ってくれて感謝する。セルマと夕食を共にできてよかった。笑顔も見られたし」

「一言余計よ」

「そう言ってくれるな。俺の本心だぞ」

不満げなテオを、私はいつもの調子でハイハイわかったから、と適当にあしらい追い出しにかかった。彼の言葉を真面目に取ると大火傷《おおやけど》を負いそうで、だからこうするしか術がない。

テオはソファから腰を上げたものの、一人の部屋へ戻りたくないのかそこから先の一歩がとても重かった。仕方なく背後に回り、後ろから彼を扉へと押し出していく。

「セルマ、元気を出せ。悪魔憑きだったとはいえアピオン殿が死んだわけではないのだからな」

彼が何やら言っている。口より足を動かせばいいのに。

「わかってるわよ。悪魔祓いをすればきっと、元のアピオンさまに戻る。……『元の』って、いつが元なのかわからないけどね、ははは」

私の知っているアピオンさまが誰なのか、私にはわからない。

考えれば考えるだけ、憂鬱になって泣きたくなる。だから私は強がって笑った。

とうとうテオを扉の前まで歩かせることに成功した。ここまで来ればあとは自力で帰っていくだろうと考え、彼の広い背中から手を離す。

体が自由になったテオは、ドアノブに手をかけると思いきや、私のいる方を振り返った。

「俺は無理に悪魔祓いをする必要はないと思う」

「……は？　それ、どういう……？」

予想外の一言。テオは私に、この私にのたまった。

――なぜ？　突然すぎるし、どうなるかわかって言っているの？

心臓が縮んでいくような、胃が締め付けられるような。

裏切りを受けたような気持ちだった。温まったものが急速に冷え、失望感が強すぎて、私はすぐに二の句が継げない。

テオは私の感情の揺れに気づかず、見当はずれの持論を語る。

「悪魔が全て悪であると、誰が決めた？　俺はずっと考えていた、人間にも善人と悪人がいるように、悪魔にも善良な奴がいるかもしれないと。これまでに倒した四体の悪魔も、聖典にあるほどの悪事を働いていたとは思えない。宿主が恐れていることをするとしても、たとえば、恐怖を乗り越える強さを得るために鍛《きた》えてくれているのだと考えれば……」

るのだろうか。
——この人は、何を言っているのだろうか。何をどれだけ知った上で、私に物申してい
失望感は、そのうち怒《いか》りを生んだ。鼓動が速まり、体が熱くなり、四肢《しし》がかすかに震え
始める。
「だから、アピオン殿に憑《つ》いている悪魔も、悪いものではないかもしれない。たとえセル
マが悪魔の人格しか知らぬのだとしても、セルマが傷つく必要は——」
「撤回《てっかい》して」
テオが私を慰《なぐさ》めようと、私の頭に手を伸ばしていた。それを勢いよくはね除《の》けたら、パ
ンッという乾《かわ》いた音が響いた。
「……セルマ？」
テオは私の怒りを把握《はあく》できていなかった。それがまた余計に私を苛立たせる。
「恐怖を乗り越える強さ？　こじつけにも程がある。テオは知らないから、そんな暢気な
ことが言えるのよ。人を苦しめるためなら、悪魔はなんだってする。私の——」
——両親を殺したように。
言いかけたが、踏みとどまった。これは伏《ふ》せておくべきことだ。
「……私の、の続きは？　セルマ自身が何かされたのか？」
「なんでもない。とにかく悪魔は敵、それ以外にない。エヴェリーナさまは三年もの時間

と記憶を奪われた。悪いことは全てやるのが悪魔よ。絆されないでよ！」

宿主の最も恐れることを悪魔は好んで実行する、というテオの推測は、当たっているように思う。でも、それ以外の推測は断じて認められるものではない。

愛する人を殺すことで、得られる強さなんてない。後遺症もない方がいい。誰にも支配されず、普通に暮らしたいだけで、そこに悪魔は不要なだけなのに。

「気に障《さわ》ることを言ったのなら謝る。俺はただ、セルマを慰めたくて」

疲れもあってか腹が立って仕方がなく、私は肩で息をしていた。

「私の一番の理解者になりたいって、テオは以前言っていたよね？　全然よ。テオは全然、私のことをわかってない。きっとこの先も平行線よ」

夢を見なくて正解だった。期待しなければ得るものがなくても悲しくならずに済むのだから。

「これから先少しずつ、セルマのことを理解していきたいと思っている。俺は――」

「もう寝《ね》る。先に出るから、テオが退室する時は侍女係に鍵《かぎ》を頼んで」

埒《らち》が明かないので、とっとと自分から執務室を去ることにした。テオの前を横切って、部屋の扉をくぐったその時。

背後から腕を摑まれて、ガクンと体が揺れた。

テオの仕業だった。私の手首をがっちりと摑んでおり、睨みつけてもびくともしない。

「……放してよ」

「放さない」

彼らしく簡潔な答えだ。だが、それに感心している余裕はない。

「教えてくれ。セルマのことを知りたい。知って、支えたい。君が俺を好きになってくれなくても、俺は君を助けたい」

――助けたい、とは、何から助ける？

テオは前向きだ。だけど、具体さに欠けることを言うばかり。

――もういい。付き合っていられない。

私の中の何かがぷつんと切れた。

「以前、あなたの性格を言い当てたのを覚えてる？」

「覚えているが、急にどうした？」

これ以上、干渉《かんしょう》されたくない。近くにいたくない。

「テオは嘘が嫌い。複雑なことも嫌いで、単純明快なものを好む。正義感が強く、困っている人を放っておけない善人――と、私は言ったわ」

まだ、私が偽物の聖女だと彼に知られる前のことだ。あの時は彼の前で完璧《かんぺき》な聖女を演じていた。

「あなたに告げた分析《ぶんせき》は表向きのもの。言わずにおいた続きがある」

「続き？」

テオが興味を示したので、ここぞとばかりに私は告げる。

「テオは評価に飢《う》えている。自分を認めてもらいたくてたまらない。自分ではどうしようもないような持って生まれたものを排除《はいじょ》して、テオ自身の内面や、これまで努力してきたことだけで自分を評価してほしいと願っている」

教団に疑いを持ったテオは、潜入《せんにゅう》調査のため自ら教団に入信した。教団が悪である証《しょう》拠《こ》を見つけ、暴き、兄に感謝されるところまでを彼は思《おも》い描《えが》いていたはずだ。

王族の血、王弟という立ち位置。

テオはこれまでそれに振り回されてきた。もしも王族に生まれていなければ、エヴェリーナさまが自分に粘着《ねんちゃく》することもなかったと、彼も気づいているのだ。

私は反論の余地を与えない。ハッと鼻で笑った。馬鹿にするように、蔑《さげす》むように。

「無能な私の側は楽しかったでしょう？　私には持ち得ない聖なる力を得て、それを発揮できる場まで与えられて。聖なる力はテオが自ら体得したものではないけれど、テオの何かを評価した女神が下さったもの。悪魔を倒すのだって、剣技《けんぎ》の心得がなければできなかった。王宮では剣が扱《あつか》えたところで、用兵を知らなければ意味がないと認めてもらえなかったのに、ここでは手っ取り早くあなたの努力を認めてもらえたよね」

「……やめろ」

やめるわけがない。テオを突《つ》き放《はな》したくて、捲《まく》し立てているのだから。

「悪女の私にうまく言いくるめられたことは不満だけど、唯一無二《ゆいいつむに》の聖なる力は女神から認められた証しのように感じられ、テオの承認《しょうにん》欲求は十分に満たされた。無能な私を見下すことで劣等感《れっとうかん》が薄《うす》まり、自尊心も守られた」

「もういい。やめてくれ、セルマ」

「私が好き？　私を愛している？　テオは私に一番の理解者になってほしいと言ったけど、あなたが最も欲《ほっ》しているのはお兄さまの理解であり、お兄さまの信頼なのよ。私はただの代用品。最も手近で、見栄《みば》えがして、あなたの優越感《ゆうえつかん》なんかの欲求をそこそこ満たしてくれそうな存在、というだけのね」

「そんなことは……」

ない、とテオははっきり否定しなかった。

当然である。そんなことは「ある」のだから。嘘でも「ない」と言えばいいのに、それができないところが彼のよさであり――悪さでもあった。

「これでわかったでしょう。あなたにしてみれば、私は聖なる力のない偽物。立派なお兄さまと比べたら、ずいぶん非力で貧弱な存在に映るでしょう。でも、私は今の自分が好き。だからテオには私を理解できない。私もあなたを理解しない、したくもない。テオにはもう、うんざりなのよ」

「セルマ待ってくれ、俺は――」

ずっと掴まれていた手首を、ここでようやく振り払った。

ゴクリと唾《つば》を呑み込み、息を吸う。そして一気に宣言する。

「テオフィルス・アンヘル・オルサーク。本日この時をもって、聖女セルマ付きの任を解きます。今後はヲウル神殿勤めの他の輔祭に倣《なら》い、聖女ではなく神官の補佐に回るように」

最後に一瞥《いちべつ》をくれたあと、唖然《あぜん》とするテオを置いて私は執務室を出た。

幕間◆押しすぎ問題

1

聖女付きの任を解かれた俺は、入信九ヶ月目にして輔祭《ほさい》としての正当な仕事をようやく覚えることとなった。

日のまだ昇り切らぬ早朝に起き、少しの水で体を清め礼拝堂に集まり祈祷《きとう》。それが終われば朝食を取り、事務作業や施設《しせつ》の美化、巡礼《じゅんれい》にやってきた信者の対応などにあたる。

幸いなことに聖女付きでなくなった俺のことを揶揄《やゆ》する者は一人もおらず、みなに笑顔《えがお》で迎《むか》え入《い》れられた。居心地《いごこち》は悪くなかったが、それでも俺はセルマのことが頭から離れない。

「セルマはなぜ急に俺を突《つ》き放《はな》したのだ。何か気に障《さわ》ることを言ったか？　それとも純《じゅん》粋《すい》に、俺の好意が負担だった？」

エヴェリーナ嬢《じょう》が脳裏《のうり》をよぎった。彼女に付《つ》き纏《まと》われたことがトラウマになった俺としては、同じ轍《てつ》を踏《ふ》まないように自戒《じかい》に努めつつセルマと関わってきた。……はずだ。

だが、もしもあの頃《ころ》の俺と同じく、セルマも俺を受け付けなくなったのだとしたら。

手や体だけを動かせばいい単純作業に従事している時は、その傍《かたわ》らでどうしてもセルマのことを考えた。

今もそうだ。荷物両手に廊下《ろうか》を歩けばおのずと独り言が漏《も》れる。

しかししょせんは独り言。相槌《あいづち》も小気味良い嫌味《いやみ》も返してくれる相手はおらず、無慈悲《むじひ》な沈黙《ちんもく》が流れたあと、寂《さび》しいため息が反響《はんきょう》するだけ。

たしかに俺はセルマを好きになった。あれだけ嫌《いや》な女だと思っていたのに、彼女のわかりにくい優《やさ》しさに気づいた途端《とたん》、全てが愛おしくなった。

セルマは俺を理解してくれる人がきっと現れると言ったが、そんなものはいらない。

セルマに理解してほしかった。それと同時に俺がセルマの一番の理解者になりたかった。

それなのに、完全に距離《きょり》を置かれてしまい、話すことすらままならない。

おそらく俺が失言してしまったのだろう。俺の言った何かが、セルマにはどうしても許せなかったのだ。

セルマの言動を思い返してみて引《ひ》っ掛《か》かるのは、いつも同じ。彼女が「悪魔《あくま》はなんだってする。私の――」と言いかけて、やめたことである。

セルマの過去はよく知らない。身寄りはなく、幼いころ貧民街《ひんみんがい》に捨てられていたのを、エトルスクス団長が拾い教団が引き取ったと聞いたくらいだ。

「セルマがどんな過去を背負っていようと、俺は受け止めたのに。なぜ打ち明けてくれない……」

自分なりに、セルマとはいい関係を築けていると自負していた。好意を受け入れてはもらえなかったが、俺のことを突き放しながらもセルマは笑いかけてくれた。

だが、肝心《かんじん》なこととなると彼女はいつも口を閉《と》ざす。挙げ句、俺の望みを勝手に決めつけて……。

『あなたが最も欲《ほっ》しているのはお兄さまの理解であり、お兄さまの信頼《しんらい》なのよ。私はただの代用品。最も手近で、見栄《みば》えがして、あなたの優越感《ゆうえつかん》なんかの欲求をそこそこ満たしてくれそうな存在、というだけのね』

セルマのセリフが頭の中で繰《く》り返《かえ》される。

――違《ちが》う。完全に違う。

百歩譲《ゆず》って最初こそ、兄上に称賛されるような功績に飢《う》えていたのかもしれない。しかし今の俺はセルマに認めてほしいのだ。聖女と輔祭としてではなく、友人としてでもなく。セルマに好かれたい。俺がセルマに抱《いだ》くのと同じ想《おも》いを、少しでも抱いてほしかった。好きになってほしい。あわよくば、愛してほしい――。

そこまで考えて、気づいた。

ああしてほしい、こうしてほしいと俺はセルマに求めるばかりだということを。セルマの気持ちを考えず俺は、自分の気持ちを押し付けてばかりいたということを。

——これでは、俺もエヴェリーナ嬢と同じではないか……！

己《おのれ》のことながら、愕然《がくぜん》とした。目の前が真っ暗になり、足が止まった。仕事の途中《とちゅう》だったことを思い出し、すぐに歩き出したけれど。

「俺は馬鹿か……俺は、同じ轍を踏みまくっていたのかっ！」

かつてのエヴェリーナ嬢は、相手が俺でも兄上でも、王族ならば誰《だれ》でもいいと考えていた。だが、俺はセルマでないと駄目だ。そこが彼女と異なる部分だと高《たか》を括《くく》っていた。

しかしよくよく考えてみれば、己の好意をむやみやたらと押し付けているという点については、俺もエヴェリーナ嬢と大差ない……というよりも、同じだったのである……。

セルマは俺に腹を立て、俺を遠ざけようとした。その理由はわからないが、あの時確実にセルマは傷ついていた。そうでなければあんなに苦しそうな顔はしない。泣きそうになってまで俺を貶《けな》し、距離を置こうとするなど。

セルマは聖女を演じているという。だが、素の彼女を知っている身からすると、聖女の演技の方がよりセルマの本質に近いと思う。

本来のセルマは他を害するような言葉を嫌《きら》う。誰かを傷つけるくらいなら、自分が傷ついた方がいい。そう考える人間だ。

そのセルマが俺のことを散々な言葉で評したのも、きっと何か意味があるはず。俺を怒《おこ》らせ、遠ざけることで、何かから俺を守ろうとしたに違いない。

「セルマ……名前からしてかわいい」

彼女と距離ができたことは、俺にとってかなり辛《つら》い。手を繋《つな》いだり、抱《だ》きしめたり、もっと触《ふ》れ合《あ》いたいという衝動《しょうどう》を、常に共にいられる聖女付きだということで俺はなんとか抑えていた。

にもかかわらず側に控《ひか》えることも許されないとなるのなら、一体どうやってやり過ごしたらいいのか。あんなに楽しかった毎日が、無性につまらなく感じてしまう。

だが、それではいけないとわかった。

俺はこれまで己のことばかりだった。セルマを理解したいと言うくせに、まず俺を受け入れろと言外に求めすぎていたのだ。

もう二度と、セルマにあんな表情はさせない。辛そうで、泣きそうで、ひどく傷ついたような。

「今度こそ、セルマのことを知りたい。そのために俺ができることは――」

ブツブツ呟《つぶや》き頭を整理しながら歩いていたところ、とある部屋から話し声が漏れ聞こえてきた。偶然にも、目的の部屋だった。考えごとをしているうちに、いつの間にか到着《とうちゃく》していたようだ。

その会話の中にセルマの名が登場した気がして、俺はつい耳を傾《かたむ》ける。

「……も拝見しました。やはり、美男美女が並ぶと絵になりますよね」

――美男美女？　美女はセルマだとして……美男とは、誰のことだ？

俺が抱《かか》える箱の中身は、分厚い聖典が計二十冊。その重みのことも忘れ、俺はギリギリまで扉に耳を近付けて男たちの声に集中した。

「結局のところ、テオフィルスさまは王族。いずれ王宮へお帰りになるお方ですから。やはりセルマさまにはラーシュさまですよ！　エトルスクス団長の後継《こうけい》と目《もく》されるラーシュさまなら、間違《まちが》いありません」

「ええ、そうですとも！　教団の頂点に立つ団長と、聖女。あの二人がご結婚《けっこん》なさったら、ナミヤ教もさらに大きく発展することでしょう」

――ええと。…………結婚？

途中からだったので内容全てはわからない。だが、部分的な会話だけで俺は卒倒《そっとう》しそうになった。心臓がドクドクと鳴り、目眩《めまい》を起こす予兆すらある。

俺はわざとらしく大きな咳払《せきばら》いをした。人――俺がやってきたというアピールと、盗《ぬす》み聞《ぎ》きへの罪悪感をかき消すため。ついでに不安を散らすためでもある。

両手が箱で塞《ふさ》がっていたので、扉《とびら》の隙間《すきま》に足を入れてその部屋に俺は踏み込んだ。

「あっ、テオフィルスさま」

中にいたのは輔祭が二人。面識はないが、服装を見ればすぐにそうだとわかった。

俺はいわば、渦中《かちゅう》の人物だ。噂《うわさ》の当事者が突然現れたことにどう反応するかと思いきや、彼らはぱっと表情を輝かせ、嬉々《きき》として俺にも話を振《ふ》った。

「ちょうど今、セルマさまの話をしていたところだったのです！」

テオフィルスさまもご一緒《いっしょ》にどうですか？　と無邪気《むじゃき》な笑顔で誘《さそ》われたら、断るのは至難の業《わざ》だった。

「あ、ああ……セルマ殿《どの》がどうしたのだろうか？」

運んだ木箱を部屋の隅《すみ》に重ねながら、俺は素知らぬ顔で尋《たず》ねた。

「テオフィルスさまがセルマさまのお側《そば》をお離《はな》れになってから、神官のラーシュさまが代わりに聖女付きとして任命されたのですが――」

「は⁉　ラっ、ラーシュが⁉」

驚《おどろ》きのあまり、話を遮《さえぎ》ってしまった。寝耳《ねみみ》に水。一切《いっさい》聞かされていなかった。

二人が顔を見合わせる。

「もしやご存じなかったのですか？　すでに一週間近く経《た》ちますが……」

「全然。全く。…………へえ、ラーシュが俺の代わりに？　あいつが役に立つのか？」

平常心を装《よそお》うが、たぶんもう遅《おそ》い。遅いうえ、なんとか繕《つくろ》った笑《え》みが引《ひ》き攣《つ》っているのが自分でもわかった。

「はい、それはもちろん！」

輔祭の一人が声を弾ませて頷《うなず》く。

「セルマさまはいつも穏《おだ》やかで上品に微笑《ほほえ》んでおられますが、ラーシュさまといらっしゃる時の表情と言ったら、もう……っ！」

「『もう』……？　教えてくれ、その続きは!?」

うっとりと脳内に没入《ぼつにゅう》しかかっている輔祭の肩《かた》に手を掛け、戻《もど》ってこいと揺《ゆ》すった。雪山で遭難《そうなん》しかかった人に「寝《ね》るな、死ぬぞ」と声を掛ける時くらい、俺は必死だった。

「表情がいつもより柔《やわ》らかく、豊かと申しますか。ラーシュさまのお言葉に声を上げて笑っておられる姿も拝見しました。本当に楽しそうで、こちらまで幸せをお裾《すそ》分《わ》けされたような気持ちになりましたよ」

テオフィルスさまもお二人が一緒のところに立ち会えたらいいですね、と無邪気に急所を抉《えぐ》られる。

──冗談《じょうだん》じゃない。俺はちっとも笑えない。誰が立ち会いたいものか！

心の中で悪態をつくが、面と向かっては貶せないので「はあ」と曖昧《あいまい》に返事をした。

「ナミヤの信徒はセルマさまに何かしらの恩義がある者ばかりです。よくしてくださった方にはやはり、幸せになってほしいものですよね」

「幸せに……とは、具体的には？」

聞かなければいいのに。聞いてもショックを受けるだけなのに。

——違っていてくれ。俺の思う「幸せ」とは違う答えをくれ、お願いだっ！

祈《いの》り虚《むな》しく、輔祭は笑顔で即答《そくとう》する。

「もちろん、結婚です！　セルマさまもそろそろ結婚適齢期。神官のラーシュさまをわざわざ聖女付きにするなんて、二人の距離を縮めるために決まっています！　聖女の伴侶として、次期団長と目《もく》されるラーシュさまほどふさわしい方はいらっしゃいません！」

案の定、俺は言葉を失った。なんとか立っていることはできたが、気を抜《ぬ》いたら床《ゆか》に倒《たお》れ込みそうだ。

最後の気力を振り絞《しぼ》り、俺は強がることにした。ただし、ハンッと鼻で笑うつもりが、小さなため息にしかならなかったが。

「ラーシュがセルマにふさわしい？　俺はそうは思わない。ラーシュはセルマの信奉者《しんぽうしゃ》なだけ。セルマを敬愛するあまり広い視野を失っている男だ」

——ラーシュはセルマの本当の優しさを知らない。ラーシュはセルマに聖なる力がないことを知らない。ラーシュはセルマの唇《くちびる》の柔らかさを知らない。

——どれもこれも、俺ならよく知っている。

付き合いが長いのはラーシュの方だが、セルマのことを深く知っているのは俺の方。それが俺の矜持《きょうじ》だった。

子どもじみた意地の張り合いであり、やきもちだとは自覚していながらも、それに頼《たよ》らざるを得ない心理。みっともないことは承知の上だ。

ところが、目の前にいる輔祭には効果がなかった。

キョトンとし、ラーシュをこき下ろす俺のことを不思議そうに眺《なが》めている。

「セルマさまのお言葉は万に一つも外れないのですから、信奉者となっても仕方のないことです。なんにせよ、セルマさまが幸せならそれでいいのでは？」

「うぐ……っ！」

ナミヤ教の教義は、肯定《こうてい》すること。にわか信者の俺が、こと「肯定すること」に関して総本山の神殿《しんでん》で暮らす聖職者に敵《かな》うわけがなかったのだ。

悔《くや》しいものの俺は負けを認め――勝ち負けではないのに――、がっくりと肩を落とした。

そして、荷運びに戻らなくてはと言い訳し、逃《に》げるようにその場を後にした。

2

それからも、俺は頻繁《ひんぱん》に二人の噂を耳にした。セルマとともにラーシュの名が語られるたび、もれなく不快感を覚えた。

早朝一緒に散歩をしていただの、食堂で一緒に昼食を取っていただの、ベンチで談笑《だんしょう》していただの。

加えて、セルマたちの仲睦《なかむつ》まじい姿を非難する者が一人もいないことが辛い。

――本来ならばラーシュの席は、俺のいる場所だったのに。

今日も今日とて人気《ひとけ》のない参道を歩きながら、俺は空を眺めぼんやりと考える。

――今ごろ、王宮にいたままだったらどうなっていただろうか。……いや、どうせ変わらなかっただろうな。以前と同じく女性に追われて逃げながら、兄上の役に立とうとひとり空回りしていただろう。

かつての己を振り返り、「空回りしていた」と自嘲《じちょう》できるくらいには、自分を客観視できるようになったのだろう。そういう意味ではナミヤ教に入信してよかった。

――もしもセルマがラーシュを選び、それをラーシュが受け入れるのなら、俺は身を引き喜ばねばならない。それが筋だ。

セルマから距離を置かれたことも、ある意味よかったと言える。距離ができたおかげで、彼女との関係を冷静に考えることができるようになった。

ナミヤ教団の聖女セルマ。聖なる力で人の心を読み、未来を見通す力を持った聖女。信者は彼女の言葉に救われ、支えられ、みな悪政の中で生き抜く力を得て現在に至っている。

セルマはたくさんの信者たちを助けてきた。たくさんの信者のよすがとなり、孤高《ここう》の存在として立っている。

――では、セルマは？

――セルマに支えられる者は大勢いるが、セルマを支える者はいるのか？

聖なる力も武技もないのに、薄い法衣《ほうえ》で悪魔に立ち向かう娘《むすめ》。

修道騎士《きし》ですら手も足も出ない相手である、セルマだって怖《こわ》くないわけがないだろう。にもかかわらず、強い意志でもって悪魔を一掃《いっそう》しようとしている。

俺はふと、セルマにかけた言葉を思い出した。

『無理に悪魔祓《あくまばら》いをする必要はないと思う』

思わず額に手を当てた。己の浅はかさに目眩がした。

詳《くわ》しい事情は知らないが、セルマには「無理に悪魔祓いをする事情」があったに違いない。そうでなければ命を張ってまで、悪魔祓いに関わろうとしない。エトルスクス団長が全ての悪魔祓いを延期しようとした時に、彼の判断に従っていたはずだ。

セルマにはきっと、悪魔祓いをせねばならない理由があったのだ。二十にも満たない若い娘を、そこまで駆《か》り立《た》てる強い理由が。

加えて、あの時俺は『気に障ることを言ったのなら謝る』とも言った。気に障って当然だ。そして、そこまで見当違《けんとうちが》いなことをほざく男が、自分のことを理解してくれるなど期待できるはずもない。

「俺は一体、セルマの何を見てきたというのか……」

彼女の側にいた期間は九ヶ月。聖女のセルマも素のセルマも、俺は間近で散々目にした。きっとそこにはセルマの隠《かく》しごとの手がかりも、たくさん潜《ひそ》んでいたはずだ。

しかし俺は、気づかなかった。少し考えればわかるようなことを、己のことで精一杯《せいいっぱい》で愚《おろ》かにも見逃《みのが》していたのだ。

俺を聖女付きから外したあの日。セルマの複雑な表情が、何を意味していたのか——今ならわかる。

失望だ。

セルマは俺に失望したのだ。

『俺はただ、セルマを慰《なぐさ》めたくて』

回想すればするだけ、彼女の逆鱗《げきりん》に触れることばかり口にしていたと気づかされる。

——こんな男、見放されて当然だ。

ラーシュならきっと、俺とは違って下手を打つことはないだろう。ラーシュとは大した話をしたことはなかったが、面識はあったし悪魔祓いにも同席し、出会えばそれとなく挨《あい》拶《さつ》をする間柄だった。

あの男がセルマを女性として見ているのか、単に聖女として崇《あが》めているだけかは知らないが、少なくとも考え方は他の信者より俺に近い。つまり、支えてほしいだけではなく、セルマの力になりたいと思っているに違いない。

セルマも、誰かを頼るなら俺よりラーシュを選ぶかもしれない。次期団長であり、優《ゆう》秀《しゅう》な聖職者であり、手を取り合って同じ方向へ進んでいけるラーシュを。

しかし。

――それでももし、セルマが許してくれるなら。

一度宿った熱は、冷める気がしなかった。どれだけ絶望的な状況《じょうきょう》にあっても、望みを捨てきれないでいる。

俺は頭《かぶり》を振った。この期に及《およ》んでセルマに求めようとしたからだ。

それではいけない。セルマと共にいたいなら、俺が変わらなくてはいけない。

――セルマの力になれるように、俺にできることをしなければ。

頬《ほお》を両手で叩《たた》いた。高い音とともにカッと顔が熱くなった。

両手を頬に当てたまま、俺は神殿を見上げた。目が行くのは最上階だ。

――セルマは今ごろ何をしているのだろう。アピオン殿のこともどうする気なのか。

セルマの私室はヲウル神殿の最上階にあった。その空間は、天井《てんじょう》と屋根の間に後付けで無理やり造られたのではないか、と思わせるほどに窮屈《きゅうくつ》。彼女の身長なら問題ないだろうが、俺のように長身だと、背伸《せの》びをせずとも容易《たやす》く天井に手が届いた。

しかしながら眺めだけは抜群《ばつぐん》。日の出に日暮れに、空の色が移り変わる様子を思う存分堪能《たんのう》できた。

セルマはロェ神殿の方が眺めがいいと言っていたが、俺は断然ヲウル神殿を推《お》す。掃《は》き出《だ》し窓は小ぶりなベランダに繋がっており、テーブルと椅子《いす》が用意されていた。天気のいい日には二人でそこに座り風に当たるのが好きだった。すぐ下の階にあるセルマの執務室《しつむしつ》にも似たようなベランダがあったが、やはり最上階に限る。

おや、と俺は異変に気づく。神殿の方向に一筋の煙《けむり》が上がっているのが見えたのだ。火事のような量ではない。どちらかというと狼煙《のろし》のような、何かの合図のような……。

と同時に別のものが目に入り、俺の心臓が騒《さわ》ぎ出す。

「セルマの部屋の窓……割れてないか？」

距離があるせいで断言はできないが、アーチ窓のサッシュの一部に、ガラスが嵌《は》まっていないように見受けられる箇所ができていた。

──確かめに行くか？

胸騒《むなさわ》ぎとともに、勝手に足が神殿に向かおうとした。しかしすぐに思い止まる。

俺はセルマに聖女付きを外された身だ。他の誰でもなく彼女自身が俺を拒《こば》んでいるのに、それを無視して駆けつけるのは俺の想いを押しつけていることと変わらない。

──いや、でも……。

もしもセルマの身に危険が迫《せま》っているのなら、そしてそれが悪魔のせいなのだとしたら、ラーシュだけでは対処できない。

セルマならば一人でうまく立ち回り、その場を凌《しの》げるかもしれない。先日のアピオン殿に会いに行った時もそうだった。

彼が悪魔憑《あくまつ》きだと気づいていながら、セルマは平然と茶を飲んでいた。むしろ俺のわかりやすい態度のせいで、セルマにいらぬ気苦労をかけた。しかし……。

「俺にできること……セルマのために」

色々考えたが、これしかない。俺は神殿へと走った。


セルマの部屋は大時計の裏にある。だから神殿正面からは見えず、窓の下の人通りも正門に比べたら少ない。

建物に近づけば近づくほど、異常事態だとわかった。地面には割れた窓ガラスの破片《はへん》が落ちており、セルマの部屋から落とされたと思われる化粧《けしょう》道具なども散乱していた。

狼煙のような煙の発生場所もつきとめた。香水瓶《こうすいびん》だろうか、陶器《とうき》の瓶が割れ、中の液体が溢《こぼ》れており、その液体が気化する過程で煙となっていたのだ。

俺は真上を見上げる。

「これは何かの合図か？　セルマ……何があった？」

胸騒ぎが強くなった。予感めいたものではなく、確信。

ひとまず俺はセルマの部屋へ向かおうとした。入り口から神殿内部へと入り、長い階段を駆け上がる。

修道女が二人下りてきた。すれ違い様にセルマの名が聞こえ、俺の耳が反応する。

「アピオンさまもお元気そうでよかったわ。突然のご訪問だったけれど、セルマさまならお喜びになることでしょうね」

「そうねえ。幼い頃からセルマさまはアピオンさまにべったりだったから」

——アピオン。突然訪ねて。……セルマ。

俺は咄嗟《とっさ》に修道女の腕《うで》を摑《つか》む。

「それは本当の話か⁉」

「え、……？」

突然話しかけたせいで、彼女はひどく驚いていた。しかしそんなことを気に掛けている余裕《よゆう》はない。

汗《あせ》が出るほど走ってはいないのに、背中を冷や汗が伝っていく。心臓の鼓動《こどう》もやけに速い。

「アピオン殿が会いにきた？　セルマに？」

「え、ええ。そう、ですけど」

「アピオン殿は今どこにいる？　セルマはっ」

「セルマさまのお部屋に向かわれましたが……それが何か？」

ロェ神殿からの帰《かえ》り際《ぎわ》、アピオン殿は言っていた。

『次は僕があなたのお部屋にお邪魔《じゃま》しましょう』

――まさかそれが、今日だというのか。よりにもよって俺がセルマの側にいない時に。

俺は過去の己の言動を恥《は》じていた。セルマに堂々と善良な悪魔もいるのかもしれないと言ったことだ。

アピオン殿を慕《した》っているセルマを勇気づけようとした言葉だったが、全面的に俺が間違っていた。

もしもアピオン殿が善良な悪魔だったなら、セルマは救援《きゅうえん》信号など発したりしない。

彼女ならば絶対に、何事もなかったかのように切り抜けることができたはずだ。

「わかった、ありがとう。突然話しかけてすまなかった！」

二人に礼を言いながら、俺は最上階へと向かった。

4章　本物の聖女じゃないけど偽物でもなかった

朝の散歩を終え朝食を取り、身支度《みじたく》をしていると、部屋をノックする音が聞こえた。

「ラーシュ？　どうぞ、開いているわ。もうすぐ執務室《しつむしつ》へ下りるところだったの。あなたも忙《いそが》しいのだから、わざわざ迎《むか》えに来てくれなくても――」

イヤリングを着けながら扉《とびら》の方を振《ふ》り向《む》き、私はギクリとした。そこに立っていたのはラーシュではなく、アピオンさまだったのだ。

「おはようございます、セルマ」

「……おはようございます、アピオンさま。こんなに朝早くこちらにお越《こ》しになるなんて、どうなさったのですか？」

「先日ロェ神殿《しんでん》に来てくれた時に、次は僕がお邪魔《じゃま》すると言ったでしょう？　だからこうして会いにきたのですよ」

目尻《めじり》にたくさんの皺《しわ》を寄せ、いつもと同じ笑顔《えがお》を振りまくアピオンさま。

こんなに早く行動を起こすとは、さすがに思っていなかった。完全に油断していた。

「そうでしたか。それにしても、随分《ずいぶん》お早いご到着《とうちゃく》ですね。夜も明け切らないうちに出発なさったのですか？　あらかじめご連絡《れんらく》くだされば、お招きする用意ができましたのに」

お茶もお茶菓子《ちゃがし》も何もなくて、と申し訳なさそうに話しながら、私は彼をソファへと誘導《ゆうどう》した。ここは執務室と違《ちが》って狭《せま》い私室なので、ソファも一人掛《が》けのものがなんとか二つ置いてある程度だ。

「セルマに会いたくて、いてもたってもいられなくなったのですよ」

「まあ、アピオンさまったら。ロェ神殿での生活がつまらなくなったのですか？」

私に会いたくて、とは。

彼の真意を探《さぐ》りながら、否定されることを前提にした冗談《じょうだん》を試《ため》しに言ってみる。

アピオンさまは項垂《うなだ》れながら、はあーと長いため息を吐《つ》いた。

「正直、セルマの言うとおりなんですよねえ。ロェに隠居《いんきょ》して高みの見物をするつもりだったのですが、これが案外楽しくない。だって、セルマがちっとも歪《ゆが》んでいかないから」

「……え？」

アピオンさまを座らせて、動揺を悟られないよう私は身支度の続きをしていた。ロザリオを装着し、頭にはヘッドティカを載《の》せる。そんな時に不可解な言葉が耳に入ったので、彼の方を振り返った。

不穏《ふおん》な単語が飛び出した割には、アピオンさまは穏《おだ》やかだ。

「エトルスクスから聞かされるたび、僕がどれだけ落胆したかわかりますか?」

「アピオンさま? 歪むって、何のお話ですか?」

時間稼《じかんかせ》ぎを目論《もくろ》んで猫《ねこ》を被《かぶ》ってみた。

ここにラーシュはいない。テオもいない。つまり一人で何とかするしかない。

「あっははは、とぼけなくても結構ですよ。もうわかっているのでしょう?」

アピオンさまは口を大きく開けて笑い、ソファの背もたれに身を預けた。そして、青い瞳《ひとみ》を向けながら、いつもの調子でいつになく私を責める。

「セルマには聖なる力がないはずなのに、僕の部下たちを返《かえ》り討《う》ちにした。せっかくこちらに呼び寄せた部下を。根の国は近くて遠いから、色々と手間なんだよ」

青みがかったアピオンさまの瞳の色は、気づけば真っ赤に変わっていた。おどろおどろしい血の色に、私の背筋を寒気が走る。

と同時に、もうとぼけても無駄《むだ》だと悟《さと》った。私は諦《あきら》め、もう一つのソファに座る。

「……こんなふうに悪魔《あくま》と話す機会が訪《おとず》れるなんて、思ってもみませんでした」

やはり、こちらがアピオンさまの正体に気づいたことはバレていたのだろう。テオを責めるつもりはない。いつかは対峙《たいじ》する必要があったし、それが今日になっただけのことだ。

開き直るとアピオンさまは嬉《うれ》しそうにまた笑った。その笑顔を見れば見るほど、彼が悪魔に憑《つ》かれているなんて嘘《うそ》ではないかと思えてくる。

みんなを安心させるような、人好きのする笑顔。私も、幼い頃《ころ》から大好きだった。

アピオンさまは肘《ひじ》掛《か》けにもたれたまま、なんでもないことのように告げる。

「僕の予定とも違う。僕はもっとセルマに苦しみを与え、それを眺《なが》めて楽しみたかった。だから僕が先に印をつけたのに」

——先に印？　……どういうこと？

印と聞いて思い当たるのは、左手の甲《こう》にある印だ。×印の古傷の痕である。テオの胸にあった聖痕《せいこん》と、大きさは違えどよく似ていた。

私は左手の甲を無意識に触《さわ》った。皮膚《ひふ》がかすかに隆起《りゅうき》しているため、なでるだけで印があることがわかる。

アピオンさまは私の些細《ささい》な動作を見逃《みのが》さず、「そう！」と手の甲を指差した。

「よくわかったね、それだよ。二十年前、僕がセルマに付けた印だ。僕のものだという所有印だよ。……あれ？　十五年前？　三十年前？　いつだったかなあ」

アピオンさまは悪魔《あくま》憑《つ》き。そこまではなんとか呑《の》み込んだのに、まさか——、私が捜していた悪魔……両親を殺した仇《かたき》だったとでも言わんばかりではないか。

私は弾《はじ》かれたように立ち上がった。夢なのか現実なのか、世界がぐにゃぐにゃに曲がって境界線が曖昧《あいまい》になっていく感覚。自分の意志で立ったのに、膝《ひざ》が勝手に笑い出す。

「いつからアピオンさまに取り憑いていたの？」

私の声は震《ふる》えていた。聞きたいような、聞きたくないような。

私の生家を襲《おそ》ったのは獣頭《じゅうとう》の大きな悪魔であり、アピオンさまではなかったはず。だとするなら、アピオンさまに取り憑いたのはここ最近という可能性もあった。

ところがその希望はすぐに打《う》ち砕《くだ》かれる。

「エトルスクスがセルマを拾った時からだよ。貧民街《ひんみんがい》で荒《すさ》むお嬢《じょう》ちゃんを眺めたかったのに、あいつが余計なことをしたから。神殿に連れ帰ってくる直前、僕はこの体に入ったの……その分、セルマとともに暮らせたから、よかったのかもしれないけど」

お嬢ちゃん、という呼び方。全身に鳥肌が立った。

――よくない。全然よくない。

私は唇《くちびる》を噛《か》み、手をぎゅっと握《にぎ》り締《し》めた。

目の前にいる悪魔は、私から両親を奪《うば》っただけでなく、アピオンさまとの思い出も奪ったのだ。

これまでに私がアピオンさまと過ごした日々は、実のところ悪魔と過ごしていたことになる。楽しかったはずの思い出が、汚《けが》されていく。

肩《かた》で荒《あら》い呼吸を繰《く》り返す私を見て、アピオンさまは嬉々《きき》として声を上げる。

「いいね、その表情！　とても醜《みにく》くて愛おしいよセルマ！」

「うるさい、黙《だま》りなさい。その体から今すぐ出ろ、獣《けだもの》め」

「ああ〜いいよ、もっと僕を罵《ののし》って！　本来のセルマは汚《きたな》い言葉も使うのかな。よく似合ってる、僕の理想だよ。でもいいの？　僕が『アピオン』から出たら、このじいさんは死ぬよ。長らく取り憑《つ》いていたから、中身を食べ尽くしちゃったんだ」

「え？　ま、待って、それって――」

私が止める間もなく、アピオンさまはガクンと項垂れ動かなくなった。と同時に、悪魔《あくま》祓《ばら》いの時と同じようにうなじから黒い蒸気が噴《ふ》き上《あ》がる。

テオがいればすぐに退治できた。でも、今の私にはできる攻撃《こうげき》も防御《ぼうぎょ》もない。

黒い蒸気は固まり、あっという間に見覚えのある形となる。

「――ああ、久しぶりに出られた。人の世には女神《めがみ》の加護がかかっているから、ずっと悪魔の姿でいると少しずつ溶《と》けてしまうんだ。だから僕たちは人間の中に隠《かく》れるんだよ」

耳まで裂《さ》けた大きな口には鋭《するど》い歯が幾重《いくえ》にも並び、狼《おおかみ》のように長いマズル、腰《こし》を曲げねば天井《てんじょう》にぶつかってしまう背丈《せたけ》、そして背中にはコウモリのそれに似た翼《つばさ》――。

間違《まちが》いなく、私の両親を殺した悪魔だった。幾度《いくど》となく夢で見てきた忌《い》ま忌《い》ましい姿だ。

――あのまま両親と暮らしていたかったのに。

――散々優《やさ》しくしておいて、どうして。

家族に囲まれた平凡な暮らし。それができなくなったのは、目の前の悪魔のせい。

その一方で、これは私を育ててくれた。実の祖父のように、優しく、慈愛《じあい》を込《こ》めて。

この悪魔は私を絶望の底に落とすため、種明かしをするその日までかわいがり、とことんまで私の信頼を高めていたのだろう。

簡単に言えば、私は感情も人生も、目の前の悪魔に弄《もてあそ》ばれたことになる。

「セルマも人が悪いよねえ。早く僕を見つけてくれって夢で何度も急《せ》かしたのに、全然捜してくれないし。あまりにもあんまりだから、部下をけしかけちゃった。クヴァーンの孫に会ってから、いろいろ思い出したでしょう？」

――ええ、思い出したわよ。

間違っても感謝しているなどと思われたくなかったから、言葉にも出さなかった。代わりに、憎《にく》しみを込めて睨《にら》みつける。

すると悪魔は顔をグリンと傾《かたむ》けて、舌を出し嬉しそうに体を揺《ゆ》すった。

「いいねいいね、聖女とは思えない表情！　僕にはとびきりのご褒美《ほうび》だよ！」

アピオンさまと分離《ぶんり》してから、悪魔の声は夢で何度も耳にしたものに変わった。成人男性にしてはやや高めで、伸《の》びのある柔《やわ》らかい声だ。世間一般的《いっぱんてき》には美声と呼ばれる類《たぐ》いだろうが、それを発しているのがこの獣頭の悪魔だと思うと反吐《へど》が出る。

しかも、この気持ち悪い性癖《せいへき》……。罵られ蔑《さげす》まれて喜ぶなんてどうかしている。

私は背後の鏡台から櫛《くし》や化粧品《けしょうひん》など手当《てあ》たり次第《しだい》に投げつけた。

「おやおやお嬢ちゃん、どうしたの？　楽しいことでもあったのかな？」

「うるさいっ！　あんたが！　あんたのせいで、私は！」

「ははは、かわいいなあ。僕がちょっと力を入れたら簡単にこと切れてしまうのに、そうやって無意味に抵抗《ていこう》するところが、いじらしくてたまらない」

悪魔が私に近づいてくる。投げつけた香水瓶《こうすいびん》が悪魔を外れ、背後の窓ガラスを割った。

投げるものはすぐに底を尽き、後退せざるを得なくなる。でも、狭い部屋だから逃《に》げられる距離《きょり》も高《たか》が知れていた。

「それから一つ、教えてあげよう。僕の名前は『アピオン』でも『あんた』でもない。ファリエルだよ」

「ファリエル？　その名前……」

お茶売りの青年と、エヴェリーナさまに取り憑いていた悪魔が口にした名前だ。

「あんたがファリエ――」

ヒュッと風が顔を掠《かす》めたと思ったら、右の手首が握られていた。引っ張るがびくともせず、あっという間に左手も取られ、私は身動きを封《ふう》じられた。

「セルマが僕に会いにロェまでやって来て、何度も僕の名を呼んでくれた時。あまりの嬉しさに姿を晒《さら》したくてたまらなくなったよ。あの時は本当に危なかった、僕自ら種明かしをするところだった」

「……ど、どういうっ」

狭い室内、もがいた足が家具に引っかかり私はバランスを崩《くず》した。腹が立つのは、この機に乗じてファリエルが私を床に押し倒したことだ。

絶対的不利な体勢に陥《おちい》ると、悪魔との体格差がよくわかった。ファリエルは私をすっぽり覆ってしまうほどの大きさ。そして、さっきは天井すれすれの位置にあった顔が、すぐそばまで迫《せま》っている。

頭をよぎるのは何度も夢で見た光景。それはいつも、悪魔に食べられて終わった。

「ま、結局のところもう我慢《がまん》できなくて押しかけたようなものだけどね？」

ファリエルが呼吸をするたびに、湿《しめ》っぽくて腐《くさ》った臭《にお》いが漂《ただよ》ってくる。顔をしかめそうになったが我慢《がまん》して、私はファリエルを睨みつけた。

「私の上からどきなさい」

「いやだよ、せっかくこんなに近くにいられるのに」

裂けた口《くち》の端《はし》が左右に引き上がった。二股《ふたまた》に割れた舌が歯の間から覗き、気味の悪さに拍車《はくしゃ》がかかる。

「やんちゃでかわいいセルマには、僕が一から説明してあげよう。この情報が、僕なりの『とびきりのお土産《みやげ》』だ」

ファリエルは私の四肢《しし》の自由を奪ったまま語り始めた。

「僕の本分は人間に恐怖と苦痛と絶望を与えること。でも、長い間生きてきたから大抵の悪さには飽《あ》きてしまってねえ。かといって、直接殺すのも芸がなくて。お嬢ちゃんの家族もつまらない殺し方だったよね」

ごめんね、と謝るが、これは殺したことへの謝罪ではなく、芸がないことへの謝罪だ──私をおちょくるための。

「クズね」

「ありがとう、光栄だ」

私が吐《は》き捨《す》てるように言うと、ファリエルはニタリと笑った。

せめて一発殴《なぐ》りたかったが、手首を取られているせいでみじろぎすらできない。この状況で、私を拘束《こうそく》する力が強くなった。

骨が軋《きし》み、痛みに歯を食いしばるが、ファリエルは気にせず長話を続ける。

「人間は弱いしつまらない。時折現れる聖女も、大半が偽物《にせもの》だしすぐに死ぬ。かといって、根の国に戻《もど》ってもすることがない。そこで僕は考えた。聖女を根の国に引《ひ》き摺《ず》り込んだらどうだろうかと。そして、聖女を僕の花嫁《はなよめ》にしようと決めた」

「…………は？」

──花嫁？　何を言って……私が？

「あっ、いいね今の表情。やっぱり、いつもの品行方正なセルマは演技だったんだね。内面はきちんと歪んでいたみたいで安心したよ」

よかった、と言ってファリエルが吼《ほ》える。興奮しているのだろうか、気持ちが悪くてたまらない。

「……話を戻そう。僕は悪魔だからね、性格の悪い子が大好きなんだ。だからセルマにも手っ取り早く捻《ひね》くれてもらおうと思って、セルマが女神から聖なる力を授《さず》けられないよう先回りして僕が印を付け、ついでに両親も殺しておいた」

「どういうこと？」

ファリエルの言いぶりだと、女神は私に力を授ける予定だったように聞こえる。でも、そんなこと知らない。

「聖女の魂《たましい》は転生する。僕は三百年も待ち、ようやく魂を見つけ、下準備を施した。でも、せっかくセルマを貧民街に捨て置いたのに、すぐに教団に拾われてしまってねえ。その上、能力がないくせに聖女になって」

能力がないくせに。――とはつまり、聖なる力のことか。

私はどうやら、聖女になる予定だった。しかし女神より先に悪魔が私を見つけ、印を刻んだせいで私は未完成の聖女になってしまった――。

ファリエルの話を繋《つな》げると、そういうことになる。

つまりファリエル――アピオンさま――は私に力がないと知った上で、私を聖女に祭り上げたということで。

「僕は気取った女が大嫌《だいきら》いなんだ。だからセルマのいかにも聖女っぽい喋《しゃべ》り方は、聞いているだけで耳が腐《くさ》りそうで辛《つら》かった。力も持ってないくせに、澄《す》ましやがってさあ。でも、偽物の聖女ってことを僕だけは知っていたからね。残念だよ、もっと早く本性《ほんしょう》を見せてくれていたなら、僕はもっとセルマのことを愛せたのに」

力も持ってないくせに——。テオにも似たようなことを言われたが、その何万倍も虫酸《むしず》が走る。ファリエルを喜ばせたくはないので絶対に表には出さないけど。

「ありがとうございます、お褒《ほ》めにあずかり光栄ですわ」

意趣《いしゅ》返しに、聖女然としたまま皮肉を言った。効果はてき面、悪魔があからさまに表情を硬くした。鼻の上にたくさんの皺を寄せ、牙を剝《む》き出《だ》しにして唸《うな》る。

「調子に乗るな、人間ごときが。貴様などひと捻りで殺せるんだぞ」

「じゃあ殺せば？」

真っ赤な目に睨まれたが、私は怯《ひる》まなかった。つい反射的に言い返したせいで、またファリエルが嬉しそうに咆哮《ほうこう》する。

「まぁいい、僕は長らく待ったんだ。あの男がうまく引っかき回してくれるかなと思って、僕は仲間をけしかけた。僕の台本では、本物の悪魔に襲われて仲間を失った後、セルマは偽聖女だとバレて責任を追及《ついきゅう》され、ひどく落ち込む予定だった。セルマは嘘をついて聖女を演じていたことを悔《く》い、生きる目標を見失うんだ。最高の台本だろう？」

ファリエルの言う「あの男」とは、テオのことだ。そして今ならわかる、私が出会ってきた悪魔四体全て、ファリエルと繋がりがあったことが。

クヴァーン卿《きょう》はアピオンさまと懇意《こんい》にしておられた。お茶売りの青年はずっと教団お抱《かか》えで、アピオンさまが隠居したロェ神殿にも出入りしていた。ハーパニエミ卿とも繋がりがあり、出張で祓《はら》ったあの悪魔も、元はといえばアピオンさまの紹介《しょうかい》で……。

頭の中で、点と点が繋がっていく。どの悪魔祓いも偶然《ぐうぜん》じゃなかった。全部、ファリエルが仕組んだのだ。

「それなのに、セルマは悪魔祓いの真似事《まねごと》ではなく、本当に悪魔を祓ってしまった。セルマは力を持たないはずなのに。部下をあんなに送り込んだのに、どれもこれも撃退《げきたい》された。……僕の気持ち、わかるかい？」

「初めて人間に恐《おそ》れをなしたのね。ざまあ見ろだわ」

「…………」

私を威圧《いあつ》し牽制《けんせい》したいのか、悪魔の喉《のど》の奥からは唸り声が響《ひび》いている。

「なぜ無能なセルマにそんな芸当ができたのか、僕はエトルスクスに探りを入れた。するとどうも、あの男が関与《かんよ》しているという話じゃないか」

「あ……っ」

手首にファリエルの爪《つめ》が食い込み、たまらず私はうめき声を上げた。

「しかも、『祝福の接吻《せっぷん》』？　悪魔祓いの前に口づけをするんだって？　おかしいよね、セルマは僕の花嫁なのに。触《ふ》れていいのは僕だけのはずだよね？」

再度出た「花嫁」という単語。一体どういうつもりなのか、テオを憎々《にくにく》しげに語るその姿は、まるで嫉妬《しっと》しているように見える。

ファリエルが私に向かって大きく口を開いた。腐敗臭《ふはいしゅう》、唾液《だえき》でぬめる鋭い歯、紫色《むらさきいろ》の二股の舌。

噛みつかれる、と咄嗟《とっさ》に顔を逸《そ》らすと、頬《ほお》を長い舌が這《は》った。夢と違って目を背《そむ》けられたが、舌はザラザラして痛く、何より臭《くさ》くてたまらない。

「女神はセルマに干渉できない。ならばセルマのそばにいるテオフィルスだ。女神があの男に力を授けたのではないかと、僕は当たりをつけた。だからお前たちを呼び寄せて見極《みきわ》めようとして……後はわかるね？」

「テオの反応がわかりやすすぎたみたいね」

ファリエルがクックッと笑う。

「ああ。僕を見て悪魔憑きだとすぐに気づいたことも、あの男がセルマに想《おも》いを寄せていることもね」

「それは関係ない」

「あるよ。セルマは僕の花嫁なんだ。横取りは絶対に許さない」

横取り、と言われて困惑《こんわく》した。私にはテオとどうこうなる気がないからだ。

「あの男には女を充《あ》てがったのだから、そっちとくっつけばよかった。そうすれば、根の国の勢力はこの国の王族も支配することができたのに。手を出さないなんて、兄弟揃《そろ》ってとんだ腰抜《こしぬ》けだよ」

――エヴェリーナさまのことだ。

彼女はテオを愛していたわけではなかった。知っていたけど、切ない。

テオはとてもいい人なのに、誰《だれ》もテオ自身に目を向けない。テオを一番にしてくれない。

その事実が悲しくて、でも私にはどうしようもなくて……。

「あの男には罰《ばつ》を受けてもらうよ。根の国へ連れて行き、僕とセルマが結ばれるところに同席させよう。しっかり絶望させたのち、四肢を引きちぎってやる。ついでにラーシュとエトルスクスも殺そう。全てセルマのせいだ。セルマのせいで、また周囲の人間が死ぬんだ」

――悪魔は人が最も恐れることをする。私が最も恐れるのは、私のせいで近しい誰かがまた死ぬこと……。

私のこともちゃっかり把握《はあく》されているのが悔しい。でも、私は屈したりしない。

「そうやって、私が自分を責めるように仕向けたいのね？　みんなが殺されたのは私のせいだ、私がいなければ誰も死ななかったのに、って」

割れた窓から入り込む風の音。それに紛《まぎ》れてわかりにくいが、規則的な音が振動《しんどう》となり床に響いて伝わってくる。

——来た。来てくれた。

途端《とたん》に心強くなって、勇気が胸に湧《わ》いてくる。

「私は過去を振り返らない。常にその時できる最善策を選択《せんたく》するし、その結果を受け入れるわ。この先絶望もしない。根の国にも行かない。私の生きる場所はここよ！」

自信満々に言い放つのとほぼ同時に、部屋の扉が勢いよく放たれた。

「セルマさまっ‼」

「テ……、ラっ、ラーシュ⁉」

——あれっ？　違う……違うっ！

遡《さかのぼ》ること十数分前。ファリエルがその姿を現した時、私は鏡台の上にあるものを怒《いか》りに任せて投げつけた。そのうちいくつかは悪魔の硬い体に当たって室内に落ち、いくつかは外れ窓ガラスを割り外へと投げ出された。

そのうちの一つ、香水瓶——。実はこれだけは故意に投げたものだった。

瓶《びん》の中には、特殊《とくしゅ》な液体を入れていた。空気と触れ合うことで化学反応を起こし、煙《けむり》となる液体だ。

もしも私が何らかの危機に陥ったら、瓶を投げて救援《きゅうえん》信号を出す。それを見たら助けに来てほしい。——と、私はラーシュに伝えていたのだ。

——……いや、たしかにラーシュにしか伝えてなかったのだから、ラーシュが来てくれて当然なんだけど！　テオを聖女付きに戻したら彼にも伝えようと思っていたけど……だって、こんなに早くアピオンさまがやってくるとは思わないじゃない⁉

でも、誰であれ加勢が来たことには変わりない。

「これでも食らいなさいっ！」

ファリエルの拘束が緩《ゆる》んだ隙《すき》に、彼の下を抜け出した。距離をとって立ち上がると、私は首にぶら下げていたロザリオを悪魔の顔面に投げつけた。

……が、何も起こらない。

「何かな、セルマ？　こんなおもちゃで僕がどうにかなるとでも？」

——精霊石《せいれいせき》……やっぱり意味なかった？　せっかくの神具なのに⁉

「愚《おろ》かだねえ、精霊石の使い方を誤るなんて」

「こっ、今度『泉下の書』に書き足しておくわ」

近づいてくるファリエルと、少しずつ後退する私。ジリジリとベランダへ追いやられていく。

掃《は》き出し窓の向こうには粉々に砕け散《ち》ったガラスの破片《はへん》が落ちていた。ジャリ、と足がそれらを踏《ふ》む。外は風が強く、祭服の裾《すそ》がバタバタとはためく。

「ま、待て悪魔め！　わたしが相手になるっ！」

　悪魔の背後でラーシュが剣《けん》を構えている。

「ラーシュ、手を出さないで。この悪魔の標的は私。女神の加護のないあなたでは、剣を振るったところで無意味なの」

　ラーシュは聖女付きとなって以来、帯剣《たいけん》するようになっていた。しかし彼に聖なる力はなく、悪魔に傷一つ与《あた》えることもできないだろう。

「勇敢《ゆうかん》なことだねえ、セルマ。それじゃあこの劣勢《れっせい》を、セルマならひっくり返せると言うのかい？」

「……あなたは私の魂を三百年も探し続けてようやく見つけたのだったわね。それってつまり、ここで私が死んでしまったとすると、また探し直しということ？」

　ここはヲウル神殿の最上階。この高さから落下したならまず助からないだろう。

　ファリエルがため息を吐いた。

「おいおいセルマ、正気かい？　この僕にまたそんな面倒臭《めんどうくさ》いことをさせる気？　勘弁《かんべん》してくれよ、セルマだって痛い思いをするんだよ？」

　ベランダの柵《さく》に私の背中が当たった。もうこれ以上後退できない。その代わりに、手すりに掴《つか》まりながら私は下を確認する。

「痛みは一瞬《いっしゅん》よ。たぶん即死《そくし》。すぐに天の国に行ける」

思ったとおり、ここで私に死なれることはファリエルにとって不都合なようだ。私を引き止めようとファリエルがベランダに踏みこんだ。

「来ないで！　それ以上近づけばすぐに私は飛び降りる。どうする？　私を生かしたままにするか、私を死なせてまた三百年待つか」

「どうせ陽動だろう、やめてくれセルマ。僕はそんなこと望んでいないよ。僕はただ、セルマと二人、根の国で楽しく幸せに暮らしたいだけなんだ」

喋りながら、ファリエルが近づいてくる。ベランダには屋根がなく、ついに悪魔――ファリエルがその全形をさらけ出す。

室内で見た時よりもさらに大きく、凶悪《きょうあく》。でも、ここで怖気付《おじけづ》くわけにはいかない。

ファリエル越《ご》しに、私はラーシュに忠告する。

「ラーシュ、ここは危険だからすぐに下階へ逃げなさい」

覚悟を決め、ファリエルに背を向け両手で手すりを強く握った。そして巨体《きょたい》を振り返る。

「幸せを求めるなら、あなたは悪魔になるべきではなかった。……さよなら」

私は手すりに乗り上げて、ファリエルの手が迫るよりも早く身を投げた。

浮遊感《ふゆうかん》。恐怖《きょうふ》。空中で私は手を伸ばす。

「うぐっ」

「ふんっ」

私室の下階には執務室があり、そのベランダは上階よりもわずかに広く出張っていた。

私は身投げを装って、そこに自力で着地しようと考えていた。

しかしタイミングよくテオが現れたものだから、遠慮なくその腕に飛び込んだのである。

「無事か⁉　痛いところはっ」

「腕が痛いけど、たぶんテオの方がもっと痛い。ありがとう」

衝撃《しょうげき》を逃《のが》すためテオが尻餅をついたので、私はしがみついたまま彼の上に馬乗りになった。

「どうして君はこんな無謀《むぼう》なことをする⁉　階段を上っていたらラーシュの声が聞こえ、セルマの脱出《だっしゅつ》経路的に扉側よりベランダ側から助けに行った方がいいと判断して俺は……いや、そもそも、あの煙は何だ？　何かの合図か？　獣《けもの》の声もしたぞっ」

「煙は救援信号みたいなもの。……ごめん、伝える機会がなくて……でも、ちゃんと気づいてくれたじゃない」

テオが大きなため息を吐いた。

「気づいたが、わかりにくい！　事前に打ち合わせをしてくれ！」

「テオなら気づくと思っていたもの。それに、私が失敗するはずないし？」

軽口を叩くと、テオがようやく顔をわずかに綻《ほころ》ばせる。

「――そうだな。君はあの『聖女セルマ』だものな」

「……素直《すなお》に褒められると張り合いがないんだけど」

いまだ上階にはファリエルがいて、緊迫《きんぱく》した状況《じょうきょう》なことには変わりない。それなのに、テオが近くにいるだけで、何と頼《たの》もしく思えることか。

私たちは手を貸し合いながら立ち上がった。

「セルマ、俺は君に謝らなければならない。俺が――」

そこに階段を駆《か》け下りる音が聞こえ、勢いよく扉がバンッと開かれる。

「セルマさま！」

ラーシュがやってきた。うっかりテオと手を取り合ったままなのを思い出し、慌《あわ》てて離れた。

ラーシュは私の「下階へ」という指示を正確に読み取ってくれたみたいだ。無事に合流できてよかったが……私に駆け寄《よ》るなり、彼は泣きそうな声で笑った。

「よかった……本当に…………っ、その身を犠牲《ぎせい》になさったのかと……」

声が震えている。心配をかけて申し訳ないと思うけれど、今はゆっくり慰《なぐさ》めている時間がない。

「それじゃ二人に簡単に説明するわね。私の部屋にいるのは、元アピオン、現ファリエル。悪魔よ」

「ファリエル？　その名は以前……」

テオの呟きに私は頷《うなず》く。

「そう、悪魔が言っていた名前。ファリエルは、これまでに倒《たお》した四体全てに関わっていた。我々のもとへ悪魔を送り込んでいたのはあいつよ」

ふと、建物がかすかに揺れた気がした。異変を感じ気配を探ると、再びかすかに揺れた。今度は、天井からドン、という音がはっきりと聞こえた。ファリエルが暴れているのだろう。

私はテオを見上げて告げた。

「ねえテオ。悪魔を倒したら話があるの。……少しだけ、時間を貰《もら》える？」

「ああ、望むところだ。俺からも君に話さねばならないことがあるし」

ファリエルこそが、私が討ちたかった仇。

どうして私が悪魔祓いにこだわるのか。ファリエルを倒せたら、少しはテオに私の事情を話してもいいのかもしれない。

天井がミシミシと軋む音を立て始める。シャンデリアが大きく揺れ、漆喰《しっくい》が剝《は》げパラパラと破片が落ちていく。

「ファリエルが天井を破って下りてくるわ。テオ、ここから先はお願い」

「あぁセルマ、祝福の――」

「祝福の接吻はこのラーシュに！」

テオの言葉を遮《さえぎ》って、背後から声がかかった。

「……………えっ、ラーシュ……あの？」

――祝福の接吻はただのフリなんだけど……。

しかしラーシュは真剣《しんけん》だ。

「現在の聖女付きは、テオフィルスさまではなくこのわたしです。聖女セルマ付き神官として、わたしに悪魔を倒させてください！」

「ラーシュ……。その気持ちはありがたいし、頼もしいのだけど」

配役上、祝福の接吻を送る相手はたしかにラーシュがふさわしいだろう。しかしながら結局のところ、聖なる力はテオにしかないものであって、テオでなければ悪魔を倒せないのである。

「はい、セルマさま！　わたしにも覚悟はあります！　剣の腕もテオフィルスさまには及《およ》ばないかもしれませんが、毎日研鑽《けんさん》を積んできました。全ては、この日のためにっ！」

「だからラーシュ、わたくしは――」

そうこうしているうちに、天井が破られる。シャンデリアが落ち、割れ、瓦礫《がれき》と埃《ほこり》といくらかの家具が落下して、最後に悪魔の巨体が降り立った。

着地した時の衝撃で、再び神殿が揺れる。

「セルマ……身投げはよくないよ。僕を差し置いて別の男のところに行くのもよくない。浮気《うわき》しちゃダメだろう？」

ファリエルに身構えている側から、ラーシュが早く！　とキスを急かし、唇をタコみたいに突《つ》き出している。それを見てファリエルが唸る。

「へえ……テオフィルスの次はラーシュか。尻軽《しりがる》め」

——ええいうるさい！　ちょっと黙ってて！

ファリエルの相手を先にすべきか、ラーシュを落ち着かせるのが先か。私が悩《なや》んでいると、ラーシュが悲しそうに呟く。

「わたしではお嫌《いや》ですか？」

「違うのよ、嫌《きら》いとかどうとかではなくてね！」

——そういう意味で渋《しぶ》ってるんじゃないのよ！　ていうか本当に私が二股をかけてるみたいじゃない！　違うのに!!

「ファ、ファリエルは見るからに手強《てごわ》そうでしょう？　だから、いくら剣の心得があるといっても悪魔と剣を交えた経験のないラーシュより、今回の場合テオの方が——」

「セルマ」

耳元で声がしたと思ったら、後頭部に手が回り、グイッと無理やり顔の向きを変えさせられ——。

「!?」

テオに唇を奪われた。

「んむ……っ」

うっすら目を開くと、テオと視線が交わった。この距離はまずい、と私は慌てて瞼《まぶた》を閉じる。

柔らかい唇がさらに強く押しつけられ、身体《からだ》もぴたりと密着する。前回同様舌を入れられては困る！　と唇に力を入れていたおかげか、口内だけは死守できた。

「……ヨシ。物足りないが、これでセルマの力は俺のものだな！」

上機嫌《じょうきげん》で舌なめずりをして、テオはファリエルに向かっていった。剣を抜くと、すぐさま眩《まばゆ》い光が放たれる。

相手は長身のテオよりも大きく、幅《はば》など倍はありそうだった。

しかしテオは怯まない。その勇敢さがたまらなくて、気づけば私は胸の前で両手を重ねていた。彼の無事を祈《いの》る気持ちと、ヒーローの活躍《かつやく》に胸をときめかせる少女のような気持ちで。

そこからは早かった。ファリエルの鋭い爪の攻撃をひらりと避《よ》け、反動をつけてテオが斬《き》りこむ。分厚い毛皮と筋肉に覆われた体は何ものも通さないように見えたのに、テオの剣だけは別。

柔らかな、たとえば果物か野菜でも切っているかのように、悪魔の腕が削《そ》げ、脚《あし》が落ちて半身になり、そして床にくずおれていった。

「これが真なる女神の力か。セルマ……これから僕はどうなるのかな」

首だけになってしまったファリエル。その首も、斬られたところから崩壊《ほうかい》が始まっている。

「浄化《じょうか》され、許しを与えられ天の国へと導かれる。ご存じのように、ナミヤ教の聖典にはそう書かれておりますわ」

私が事務的に告げると、ファリエルは寂《さび》しそうに呟く。

「嫌だなあ……。せっかく伴侶《はんりょ》を見つけられたと思ったのに」

「よくよく懺悔《ざんげ》なさったらいいわ」

悪魔はずるい。斬られたのなら、すぐに消えてしまえばいいのに。こうやって同情をさそい、人の心に残ろうとする。なんて卑怯《ひきょう》なのだろうか。

だから私は消えるのを最後まで見守ったりしてあげない。

「テオ、ありがとう。これでようやく片付きました」

ファリエルに見せつけるようにテオの手をとり、私は彼を労《ねぎら》った。

寂しく消えていけばいい。誰にも覚えてもらえず、誰の記憶《きおく》にも残らなければいい。

そして、たくさんの人を苦しめたことを、ひたすらに後悔《こうかい》すればいいのだ。

テオと話している間に、ファリエルは灰と化していた。瓦礫に近寄り積もった灰を眺め、私はふう、とため息を吐く。

これで、仇討《かたきう》ちは終わったのだ。

――ファリエルは死んだ。もう悪夢に悩まされることはないし、テオを私のエゴで利用しなくてもいい。

「さあ、これから――」

振り返ると、感傷に浸《ひた》る私をよそにラーシュがテオの胸《むな》ぐらを摑んでいた。

「ラーシュ⁉　なぜに⁉」

悪魔を倒せたわけだから、ここは一緒《いっしょ》に喜ぶ場面のはずだ。それなのに、この緊迫感は一体全体どうしたことか。

私の叫《さけ》びなど無視し、テオをラーシュが低い声で非難する。

「テオフィルスさま、どうしてあなたがセルマさまに触れるのです⁉」

「どうして、だと？　悪魔を倒すため、祝福の接吻を」

ラーシュが激怒《げきど》する理由を、テオはいまいち摑めていない。

「聖女付きを務めているのは、このわたしです。あなたではない、わたしだ！　だというのにあなたはほしいままにでしゃばり、わたしの仕事を奪った！」

ラーシュは正しく職務を果たそうとしてくれただけ。だから、単なる輔祭《ほさい》であるテオが悪魔を倒してしまったことに、強く憤《いきどお》っているのだ。

「ラーシュ、ごめんなさい。テオの代わりに謝罪するわ。せっかく――」

まあまあ、私の顔に免《めん》じて、矛《ほこ》を収めてくださいな。そんな感じのことを言って仲裁《ちゅうさい》する予定だったのに、今度はテオがそれを遮った。しかも、私の腰をぐいっと抱き寄せて。

「悪いな、ラーシュ。セルマとのキスは俺だけに与えられた特権だ」

「おん……テ、…………っ？」

――キスの話ではないのでは？　いや、そうだったとしても、特権って……？

私は混乱した。それはもう、言葉が出ないくらい。

「確かにあなたは高貴な身分の王弟殿下《でんか》で、そのような不遜《ふそん》な発言も然りだ。だが、ここはナミヤ教が聖地、ヲウル神殿です！　こちらの戒律《かいりつ》を守って頂かなくては！」

俺様発言に応戦するラーシュに、私も同情を禁じ得ない。

二人が言い合っている間に、エトルスクスさまやその他の神官、修道女、修道騎士……とにかく様々な人が、揺れと音に異変を感じどやどやと様子を見にやってきた。

ファリエルが私の部屋の床をぶち抜いてくれたので、私の執務室は今や瓦礫の山と化していた。その有り様を見てみんな一様に息を呑むが、何があったと聞くよりも先にテオとラーシュの諍《いさか》いに目が点になり、結局のところ来る人来る人二人の喧嘩《けんか》を見守る羽目に至っている。

「戒律が欠かせないことはわかっている。だが、祝福の接吻だけは例外だ。これだけはラーシュにも任せられない」

「わたしは神官。いわば輔祭のあなたよりもここでは立場が上で、しかも現在聖女付きなのはあなたではなくわたしっ！　任せる任せないの問題ではない、そう決まっているのだから従うしかないのです！」

「どうしても俺には従えない。悪いが、ラーシュにはセルマに触れてほしくない」

「はああ⁉　ご自分はいいのに？　そんな理屈《りくつ》は通りませんよ、なぜ自分だけ優遇《ゆうぐう》されようとするのです！　わたしだってセルマさまとキスしたかった！」

　――テオにつられ、ラーシュまでおかしくなってしまった。

　――それよりも、なんだか悪い予感がする。これ以上二人を争わせてはいけない。

　腰を抱くテオの手を剝がそうとしながら、私は必死に口を挟《はさ》む。

「ラーシュ、ごめん、わかった！　そうよね、テオが悪いのよね。親しき中にも礼儀《れいぎ》あり。適度な距離を保たなければ――」

「セルマ」

「へっ？」

　テオの手が腰から離れたと思いきや、次の瞬間私の肩へ伸ばされて、がっちり摑まれてしまう。

目の前に現れた彼の顔に、私は心臓がドクンと鳴った。

──こわっ、なに⁉

「離れてみて余計にわかった。俺はやはりセルマを愛している」

告白を受け止めるか否《いな》かよりもまず、気になったのは周囲の目。

エトルスクスさまをはじめとして、十人近くの目撃者《もくげきしゃ》がいた。

「待って、そういうの今いいから」

「よくない。セルマと会った日も会えなかった日も、俺はずっとセルマのことを考えていた。俺は一生セルマを守る。なぜならセルマを愛しているから！」

「二回も言わないで‼」

聞き間違いだと誤魔化《ごまか》す選択肢《せんたくし》は消えた。ああこれからどうしよう、と私は猛烈《もうれつ》に頭が重かった。

終章　強情も靨《えくぼ》

テオとラーシュをなんとか宥《なだ》め、最上階へと向かった私たちが目にしたのは、まるで別人のアピオンさま。

白髪《はくはつ》の大半が抜け落ち、骸骨《がいこつ》のように痩《や》せこけ――だが、まだ息があった。

「ずっとセルマを見守ってきました。悪魔を倒してくれてありがとう。僕が……間違っていました」

床の三分の一を失った部屋から助け出したアピオンさまは、弱々しい嗄《か》れた声で私に過去を懺悔《ざんげ》した。

彼が最も恐れたのは、老い。自分を受け入れれば老いを止められると囁《ささや》かれ、アピオンさまは悪魔の甘言《かんげん》に乗ってしまったのだそうだ。

ファリエルは私の側にいたいがため、アピオンさまに成り代わった。恐怖を味わわせ絶望に突き落とすのではなく、恐怖から救ってやると唆《そそのか》し、その心につけ込んだのである。

――人を弄《もてあそ》ぶ天才ね。悪魔って、心底くだらない。

「聖女セルマ、人の世から悪魔を追放してください。あなただけが頼りです――」

彼は己の弱さを恥じ、後悔し、そして私に全てを託《たく》し、静かに旅立っていった。

ほんの少しでも、本物のアピオンさまと会話できてよかった。でも、話し足りない。

時間は元には戻《もど》らない。両親に会えないのと同じように、アピオンさまにももう二度と、私は会うことができない。

わかってはいるのに、故人に会いたくなる時がある。故人に思いを馳《は》せ、現実には叶《かな》うことのない夢を見て、漠然《ばくぜん》とした寂《さび》しさに浸《ひた》る。そして、私のように大切な人を奪《うば》われたり、人生を踏《ふ》み躙《にじ》られる者が減ってほしいという願いに行き着く。

悪魔が存在している限り完全にすっきりはしない。でも、当初の目的としていた悪魔を私は倒《たお》すことができた。両親の仇《かたき》を討《う》てたのだ。

「……ようこそ。どうぞ入って」

「綺麗《きれい》に直ったな」

天井《てんじょう》を見上げながら、テオが言った。

ファリエルが開けた大きな穴は腕利《うでき》きの大工によりすぐに塞《ふさ》がった。天井の塗装《とそう》も無事に済み、今は新たなシャンデリアが吊《つ》るされている。知らない人が見たら、先週ここに大きな穴が開いていたなんてにわかには信じられないだろう。

「そうね。私の部屋は補修が終わっていないから、仮住まい継続中《けいぞくちゅう》だけど」

座って、と促《うなが》し新調した真っ白なソファにテオを案内する。私も対面して座った。が、テオがわざわざ私の隣《となり》に座り直す。……通常運転か。

「…………」

「…………」

ファリエルを倒したどさくさに紛《まぎ》れ、私は二度目の告白を受けていた。その気まずさもあってか、口がどうしても重くなる。

話さなければならないことはたくさんあった。

ファリエルを倒してくれたこと、悪魔祓《あくまばら》いに付き合ってくれたことのお礼と、これからもその力を貸してほしいという話。それから、ずっと何も言わずに利用してきたことへの謝罪……。

あまりにらしくないこと尽《づ》くしで、彼を眼前に私は沈黙《ちんもく》してしまう。

「俺が悪かった。すまない」

「……はい？」

そんな私の隙《すき》をつき、口火を切ったのはテオだった。

突然《とつぜん》の謝罪。

――なぜテオが謝るの？　謝るのは私の方なんだけど……。

「セルマの言う通り、俺は兄上に頼《たよ》ってほしかった。セルマを兄の代わりにと考えていたのかはわからないが、君が言うならそうなのだろう。悪魔祓いもとても爽快《そうかい》だった。どう理屈《りくつ》を付けたって、セルマは俺を頼るしかないのだと思うと、ずっと憧《あこが》れていた特別な自分になれたような優越感《ゆうえつかん》があった。セルマのそばは居心地《いごこち》がよかった」

なんの話だ、と記憶を巻《ま》き戻して、行き着く。

アピオンさまが悪魔憑《あくまつ》きだとわかってすぐ、テオが悪魔を擁護《ようご》するようなことを言った。今ならあの発言が、アピオンさまを慕っている私を慰《なぐさ》めるためだったとわかる。でも、私はどうしようもなく頭に血が上り、真意に気づけずテオを罵倒《ばとう》し拒絶《きょぜつ》したのだ。

――やっぱりテオが謝る要素はないのでは？

口を挟《はさ》む雰囲気《ふんいき》ではないので、ひとまず私は聞き役に徹《てっ》する。

「だが、今はもう、セルマを兄上の代わりにしたいとは思っていない。兄上関係なく、俺はセルマの力になりたいと思っている。そのためなら、俺は何だってする」

「私の、力に……？」

「俺はいつも君に求めるばかりで、感情を押《お》し付《つ》けてばかりいた。だが、それでは君に縋《すが》ろうとするその他大勢の信者と同じだ。ただでさえ君は周囲の気持ちに配慮《はいりょ》しすぎる。俺は君が抱《かか》えるものを、できるだけ軽くしたい。セルマがされて嬉《うれ》しいことは何か、どう動いたらセルマの負担が減るか……これからはそれを考え実践《じっせん》していく所存だ」

雲行きが怪《あや》しくなってきた。このままだと、また改まって好きだのなんだのと言い出す気がする……。

　テオのことはいい人だと思っている。誠実で、信頼《しんらい》のおける友人。そして、聖女の仮面を着けなくても素の自分でいられる人……つまり、ときめく対象ではないのだ。

　テオには悪いけど、たぶんそれはこれからも変わらない。

「だからつまり、俺は君が――」

「悪魔に両親を殺されたの」

「……は？」

　どうしようもなくなった私は、衝撃的《しょうげきてき》な話題をねじ込み、話をすり替《か》えてしまうことにした。

「幼い頃《ころ》、ファリエルは私の父の体を乗っ取り、母を殺した。その後混乱し泣き崩れる父も殺した。私の手《て》の甲《こう》に印をつけ、かくれんぼをしよう、隠《かく》れているから見つけにこいと言った」

「あの悪魔が？」

「そうよ、あの悪魔が。ちなみに、私の父が最も恐れたことは、家族を失うこと。……おそらくね。だからファリエルは父を苦しめようと、母を殺させたのだわ」

「それであの時、あんなに腹を立てて……」

　テオが悪魔の肩を持った時、私が激怒した理由。さすがに気づいてくれたようだ。

「すまない。俺が軽率だった。君の家族がそんな目に遭《あ》っていたとは知らなかった。……いや、知らなくても言っていいことではないな。どれだけセルマを傷つけたか……いくら謝罪されようが、許せなくて当然だろう。過去の自分を殴ってやりたい……っ」

顔を覆ってうなだれるテオに、私は微笑み首を振る。

「打ち明けなかった私も悪い。隠していてごめんなさい。それと、ありがとう。テオのおかげで仇《かたき》が討てた」

分厚い毛皮で覆《おお》われた巨体。たとえ私に聖なる力があったとしても、この貧弱な腕では傷一つつけられなかっただろう。

「両親を殺された当時、私は三歳。それからずっと思い出すことができなかったけれど、クヴァーン邸で悪魔に遭遇した時に記憶《きおく》が甦《よみがえ》った。そして両親の弔《とむら》いのため、悪魔を討《う》つことに決めたの。だから……ありがとう、テオ」

再度礼を重ねる。ひねくれ者の私が素直に感謝するものだから、テオはあからさまに照れた。照れ隠しに視線を外し、頭をポリポリ掻《か》いている。

「思い返すと恥ずかしくなるな。セルマには随分《ずいぶん》とひどい態度を取った気がする。君のことを知りもしないで知った気になって」

一時期はかなりの罵倒を受けた。ただ、善良で優《やさ》しい彼の語彙《ごい》では傷つくほどでもなかったけれど。

「テオのことだから、真実を告げれば私に同情して自分のことのように張り切ったでしょう？　仇討ちが果たせるか、目的の悪魔に遭遇できるかもわからないのに。私の問題に命を懸けてほしくなかったの。死んでほしくないっていうか、いざとなったら逃《に》げてほしいっていうか？」

「だから自ら悪役になり、俺が仕方なく手伝うように仕向けたのか。その方が、俺が気楽でいられるから」

「まあ……そんな感じね。今後も悪魔が現れたらテオに手伝ってもらわなくちゃいけないんだけど、とりあえず私怨《しえん》はなくなったから、言ってもいいかなと思って」

もう終わったことだ。少しくすぐったかったけれど、私は否定しなかった。

「テオのことを悪く言ったりもしたけれど、あなたがとても立派な人であることは、ずっと前から知ってる。だから――」

「やはり俺は君が好きだ」

――ここでそう来る？

もうこれで、三度目。またテオに告白されてしまった。作戦失敗、阻止《そし》できなかった。

「ごめんなさい。嬉しいけど、困る。私にはテオの気持ちに見合ったものが返せない」

こうなっては仕方ないので、私は開き直ることにした。

「返さないでいい。受け取ってほしい」

「だからって、押し付けられましても……」

――さっき「感情を押し付けてばかりだった」と、自分で言ってなかった？

私はテオを好きだけど、異性としてという意味ではない。あまり好き好き言われても、相思相愛でないのならそれは迷惑《めいわく》になるだけだ。そしてちょっと、テオの好意に心臓が軋《きし》むようになっている……。

眉《まゆ》をひそめ、私が体を後ろに引くと、テオもううむと考える。

――イヤ考える前に退《ひ》いてくれよ！

「ではこうしよう。俺が王弟として正式な書簡でセルマに求婚《きゅうこん》する。ナミヤ教と当国の結びつきをより強固なものにするための政略結婚《けっこん》だ」

「……頭でもぶつけた？　本気で言ってるの？　それ、かなりの興醒《きょうざ》め発言なんだけど」

眉間《みけん》の皺《しわ》も深くならざるを得ない。私は口元を引《ひ》き攣《つ》らせ、顔を歪《ゆが》めて不快感を露《あら》わにする。……が、テオはとてもしつこかった。

「正気だ。俺はセルマが欲《ほ》しい」

「物ではございませんが？」

「知ってる。セルマが優しいことも知ってる」

「優しいからって『じゃああげましょう』にはならないわよ」

「承知の上だ」

にっちもさっちもいかない。目の前の猪突猛進《ちょとつもうしん》なこの人を、一体どうしたら宥《なだ》められるのか。

「あのね、私が優しいのは信者たちみんなが知っていることなの。テオだけが知っているわけじゃなくてね？」

テオは首を振《ふ》り抵抗《ていこう》する。

「セルマの優しさは人とは違《ちが》う。とてもわかりにくい。他人を安易に信用しないし、基本的に一人で判断し一人でことを進めようとする。独善的なんだ」

「……ほう？」

――ここにきて、悪口？

睨《にら》みつけてみたものの、テオからはまっすぐな眼差《まなざ》しが返された。そこにこもった想像以上の情熱に、不本意ながら怯《ひる》んでしまう。

「だが、それら全て、セルマの優しさゆえの言動。セルマの行動原理は、『世界中の悲しみや辛《つら》いことは全部自分が引き受ける』だ。どれだけ損な役回りでも、誰《だれ》にも気づいてもらえなくても助かる人がいる限りセルマは役を放棄しない。それが、俺の知っているセルマの優しさだ」

私は言葉に詰《つ》まった。テオの言うことが図星だとかじゃない。

――案外この人、私を見てる？　私の外側だけじゃなくて……。

「買《か》い被《かぶ》りすぎよ」

出遅《でおく》れたけど、挽回《ばんかい》しようと私は慌《あわ》てて否定した。一方のテオはどうしてか余裕綽々《よゆうしゃくしゃく》で、長い足をゆったり組み替えながら私に微笑《ほほえ》んでみせた。

「事実だ。セルマは幾度《いくど》となく俺を怒《おこ》らせてきたが、全て俺のためだっただろう？　一つ一つ指摘《してき》しなければわからない？　賛辞も受け取ろうとしないなんて強情《ごうじょう》だな」

「そうよ、私は強情でかわいくないの」

すぐ隣から楽しそうに見下ろしてくるテオを、私は今度こそ負けまいと睨む。

「違う。強情なところがかわいいんだ」

かわいい、という言葉に心臓が跳ねた。せっかく睨みつけていたのに、たまらず視線を逸《そ》らしてしまう。

私の目の前にあるのは、誰も座っていない新品のソファ。もうテオの顔を見ていないのに、ドキドキという心臓の高まりがいつまで経《た》ってもおさまらない。

普段《ふだん》ならば落ち着けと念じれば自然とコントロールできたのに、今日はまるで私の体ではないみたいだ。制御《せいぎょ》が利《き》かず、焦《あせ》りがどんどん募《つの》っていく。

「あの……とにかく、政略結婚云々《けっこんうんぬん》は聞かなかったことにするから」

伝えたいことは伝えた。私は立ち上がり、テオを追《お》い払《はら》ってしまうことにした。

「気遣《きづか》いは不要。俺としても、受け入れてもらわなければ困る。先日信者たちの前でセルマを愛していることを宣言してしまったし」

「それはテオが勝手にしたことで……っ⁉」

テオが私の手を引いた。完全な不意打ちだったので、バランスを崩しソファに尻餅《しりもち》をついてしまった。……正確には、ソファに座るテオの膝の上に。

「ちょ、ご、ごめん！　すぐどくから――」

慌てて腰を上げようとしたのに、なぜかテオがそれを阻止する。

私の肩に手を回し、背後からきゅっと抱き寄せた。

「大胆だな、セルマから俺の元に飛び込んできてくれるなんて」

「違うからっ！」

距離が近い。近すぎる。

テオに包まれているみたいで落ち着かない。このままでは心拍数が上がりっぱなしだ。

腕の中で体を捻《ひね》り、彼の胸板に手を当てた。しかし、いくら押してもビクともしない。

「あの……本当に離してくれない？」

「嫌だ、と言ったらどうする？」

はあ⁉　と私はテオを精一杯睨《にら》みつけた。が、私の頬はたぶん真っ赤。こんな顔では効果はないに等しいだろう。

案の定、目の前の男は楽しげに口の端を上げている。

「俺はこれからも悪魔祓いに必要な人材だろう？　ほんの少しセルマが妥協《だきょう》してくれさえすれば、今以上に協力すると誓うが……どうする？」

テオが、あの単純で純粋でまっすぐなテオが、私に取引を持ちかけた。

目を細め、ニヤリとしながら私も負けじと皮肉を返す。

「テオも言うようになってきたじゃない」

「君を手に入れたくて必死だからな」

本格的に心臓がおかしい。病気の前触《まえぶ》れでは？　と不安になるくらいだ。服の上から押さえつけても、手のひらに激しい鼓動が伝わってくる。

——どうしよう。どうしよう。

頭が真っ白だった。こんなこと、今までになかった。せめて距離を取りたいのに、動けないからもどかしい。

呼吸が乱れる。視線がぶれる。動揺《どうよう》を隠しきれない。

するとテオが噴《ふ》き出《だ》した。

「セルマでもそんなに慌てふためくことがあるんだな」

誰のせいだと思っているのか。腹が立つ一方で、なぜだかテオが輝《かがや》いて見えた。

飴色《あめいろ》の綺麗な髪《かみ》に、凛々《りり》しい眉、筋の通った高い鼻。無駄《むだ》のない輪郭《りんかく》、胴《どう》に繋がる首は太い。胸板《むないた》も厚くて逞《たくま》しい。

いよいよもってこれはおかしい。私は返答もできないまま、再びぷいっと目を逸らす。

「セルマを見習ってみたが、慣れない駆《か》け引きをしてまで俺が君を欲しいこと、どうやったら理解してくれる？」

「知らないわよ……」

テオに追い詰められているということが、正直言ってかなり悔《くや》しい。

「君は一人で背負《せお》い込みすぎる。確かに俺は頼りないかもしれないが、俺にならどれだけ甘えても、どれだけ迷惑をかけてもいいから。酷いことを言ってもいい。かわいくなくてもいい。……俺にとっては君の全てがかわいいが。俺は絶対に悪魔に取り憑かれないし、殺されもしない。セルマが飽《あ》きるまで、君のそばにいると誓《ちか》う」

違うな、セルマが飽きてもそばにいるな……という不穏《ふおん》な呟《つぶや》きが耳に入ったが、私はそれどころではなかった。

両親のこと、アピオンさまのこと。置いていかれる寂しさに私はひっそり浸《つ》かっていたが、テオに掬《すく》い上《あ》げられたような、おかしな錯覚《さっかく》を起こす。

聖女の道を歩む私は、人を支えていかねばならない。でも、誰かが私を支えてくれる保証はなく、私は一人で立つしかない。

そんな中でテオは、私のそばにいてくれるという。甘えても、迷惑をかけてもいい――つまり私に寄《よ》り添《そ》ってくれると。

じんわりとした。鼻の奥が痛くなって、猛烈《もうれつ》な勢いで涙腺《るいせん》が緩《ゆる》みかけている。

「か……勝手にしてっ」

――私は聖女。ナミヤ教の聖女で、私を必要とする信者はたくさんいる。

――大丈夫《だいじょうぶ》、大丈夫、気のせいよ。寝《ね》れば治る、休めば落ち着く。

自分に暗示をかけるように、私は心の中で何度も唱えた。

突如《とつじょ》として現れた感情がなんなのか、本能的に私は知っているのだろう。でも、言葉として認識《にんしき》したら、歯止めが利かなくなりそうで怖《こわ》かった。だからいっそ、忘れてしまおうとした。……のだが。

顔に影《かげ》が差した。それと同時にテオの拘束に力が入った。

「え⁉　なん……ちっ、近いな？」

声が裏返った。でも、そんなことよりもテオの顔がすぐそこにあることの方が一大事。

テオは私の反応に、わざとキョトンとしてみせる。

「勝手にしていいと言ったから」

「いや、言いましたけども⁉　だからってこういうのを許すってわけじゃ……」

テオが何を望んでいるのか、私にはわかっているつもりだ。

キスだ。テオは私にキスをしようとしている。

「俺はセルマが好きだ、愛している。同じだけ君も俺を好きになれとは言わない。ただ、もしも少しでも俺を好きになってくれる余地があるのなら、俺を拒《こば》まないでくれ」

テオの真剣《しんけん》さと、切実さを感じる。

これは祝福の接吻《せっぷん》のような、単なる接触《せっしょく》としてのキスとは違う。もしも受け入れたなら最後、これまでの関係ではいられなくなる。

キスを受け入れることは、テオを受け入れること。

聖女として。王弟として。教団、国、信者、国民、私という個人……。

さまざまなことが頭を駆け巡《めぐ》る。考えている間にもテオは私に近づいてきて、ついに額がコツンと当たった。

――拒むか、受け入れるか。……テオを拒む？　私にできるの？　テオを好きな私に？

――待って、いつから好きだった？　だって、これまでは別に意識なんかしていなかった。一緒にいるとそこそこ楽しくて、楽で、素の自分でいられて……って、あれ？

テオの瞳《ひとみ》には、私の姿が映っている。私の姿しか映っていない。

それと同時に、テオの空色の瞳に他の色がうっすら浮《う》かんでいることに気づく。知らないうちに、虹色《にじいろ》へと移り変わりつつあったのだ。

虹色の瞳は聖女の証《あか》し。聖なる力を授かったとしても、まさか瞳の色まで後天的に変化するなんて。やはり聖なる力というのは、人智《じんち》を超《こ》えた偉大《いだい》な力だ。

自分の瞳を鏡で見た時とは、全く異なっていた。テオの瞳は本来の空色が強いのに、神秘的な煌《きら》めきに強く引き込まれ……——。

「綺麗——」

　感想が口をついて出た。言ったあとで即《そく》、後悔《こうかい》。

「あ、ち、違うのよ？　テオの瞳が虹色に見えて……たぶんあれよ、聖女……聖……男？の証しだからね、その影響《えいきょう》だと思うけど」

　言いながら、ここで話題を瞳のことに逸らすことができたなら、居たたまれないこの雰囲気から脱《だっ》することも可能だと目論《もくろ》んだ。が、今日は何もかもうまくいかない。

「お揃《そろ》いだな」

　テオは動じることもなく、代わりに嬉しそうに笑った。その屈託《くったく》のない笑顔《えがお》が本当に幸せそうに見えて、私は毒気を抜《ぬ》かれてしまう。

「……ずるい」

　知らず知らずのうちにテオの思い通りになっていたことが恨《うら》めしくて悔しくて、苦《くる》し紛れに不満を溢《こぼ》した。彼はそれが拒絶の言葉ではなかったと知り、安堵《あんど》してまた笑った。

「ずるくて結構。セルマに比べたら大したずるさではないな」

　お互《たが》いの鼻先が当たった。キスの前哨戦《ぜんしょうせん》だろうか。こうなっては、止められない。もう知らない。

　私は抵抗を諦め、瞼《まぶた》を閉じた。そして唇《くちびる》が重ねられる。

テオとのキスは数度経験があるけれど、そのどれとも違った。緊張《きんちょう》しているというのに、うっとりして何かにしがみつきたくなって、つい、テオの首に手を回してしまう。

しばらく私たちはそのままくっついていた。何秒、何分、そうしていたかわからない。何度か角度を変えては、お互いの唇の柔《やわ》らかさを堪能《たんのう》した。

「――顔がとても赤いな」

「そういうのは言わないでいいから」

私は恥《は》ずかしくてたまらず、見られなくてすむようにテオの胸に顔を埋《うず》めた。布ごしに彼の温《ぬく》もりを感じ、息を吸うたび柔らかな香りが鼻腔《びこう》に入る。

この体勢はまずかったかもしれない。そもそもテオの膝の上という状況がまずかった。最低で、……最高。

私の熱くなった頰に、テオが背を丸め己《おのれ》の頰をこすりつける。

「かわいい。もっとキスしたくなる」

「もうっ！　ほんとに、テオ……っ」

耳元で軽《かろ》やかなキスの音。私が受け入れた途端《とたん》、テオの接触が激化した。

「セルマ、愛してるよ」

声が弾《はず》んでいる。よっぽど嬉しかったのだろうか。

聖女と王族が好き合って恋人《こいびと》になったと宣言しても、それで終わりとはいかない。これからの私たちを待つのは、反対とか、賛成とか、その他大勢の干渉《かんしょう》。自分達の気持ちだけで進退を決められる身分ではないから難しい。

――でも、ここまできたらなるようにしかならないか。

「テオ」

抱擁《ほうよう》の力が緩んだので、私は顔を上げ彼の名を呼んだ。うん？　と優しい眼差しがあって、私たちは無言で見つめ合う。

「……なんでもない」

愛してる、とは言ってあげない。好きだ、とも言ってあげない。

女神ヲウルは「肯定《こうてい》しろ」と教えてくださるが、せめて告白に関しては、できる限り往《おう》生際《じょうぎわ》悪く抵抗していたいと思う。

おしまい

あとがき

こんにちは、葛城阿高《かつらぎあたか》と申します。

この度《たび》は本書をお手に取ってくださり、どうもありがとうございました。

ビーズログ文庫さまでは三冊目（二作目）となる本作、いかがでしたでしょうか。

聖女がヒロインのお話でしたが、「聖女＝治療者《ちりょうしゃ》」みたいなイメージを打ち破る気持ちで書きました。治療はできず、聖なる力もないけれど、口八丁手八丁で聖女を演じている悪役的聖女というのも面白《おもしろ》いのでは？　と思い立ち、形にしたのが本作です。

主役二人の関係は溺愛《できあい》カップルというよりもけんかップルでした。ヒロイン優位から始まるのに、中盤《ちゅうばん》でラブに目覚めたヒーローにより攻守《こうしゅ》逆転してしまう……という関係性の変化を、楽しんで頂けたなら幸いです。

駒田《こまだ》ハチ先生には、非常に素晴《すば》らしいイラストを描《か》いて頂きました。

特にテオのキャラデザインがあまりにもアメージングすぎて、初見時には直視するのに時間がかかったほどでした。「あれっ、テオがキラキラして見える……ま、まさか、これが、恋《こい》⁉」と、まるで作中のテオと同じように戸惑《とまど》いました。もちろんセルマもかわいくて、照れている表情が絶品！　大好きです……。

また、執筆《しっぴつ》にあたり、担当さまには大変、めちゃくちゃ、物凄《ものすご》〜くお世話になりました。打ち合わせでは絶妙《ぜつみょう》な言葉選びに爆笑《ばくしょう》し、時には厳しいご指摘《してき》に涙腺崩壊太郎《るいせんほうかいたろう》になったこともありましたが、真剣《しんけん》にぶつかってくださったことを心から嬉《うれ》しく思っています。本当にありがとうございました。あわよくば、今後ともよろしくお願いいたします！


一冊出来上がるたびに、たくさんの人に助けられていることを感じます。自分の小説って最高〜！　とメンタルつよつよ前向きお化けでいることを心がけつつ、同時に感謝の気持ちも忘れずにいたいと思います。

私がこうして小説を書いていられるのも、支えてくださる方がいらっしゃるからこそ。担当さまをはじめとするビーズログ文庫編集部のみなさま、駒田先生、各関係者のみなさま、家族、そして読者のみなさま、本当に本当にありがとうございました！

両思いになったセルマとテオのその後の物語を、書ける機会がありますように。

また読者のみなさまにお会いできますように〜！

葛城阿高

■ご意見、ご感想をお寄せください。
《ファンレターの宛先》
〒102-8177 東京都千代田区富士見 2-13-3
株式会社KADOKAWA ビーズログ文庫編集部
葛城阿高 先生・駒田ハチ 先生

ビーズログ文庫

●お問い合わせ
https://www.kadokawa.co.jp/（「お問い合わせ」へお進みください）
※内容によっては、お答えできない場合があります。
※サポートは日本国内のみとさせていただきます。
※Japanese text only

本物《ほんもの》の聖女《せいじょ》じゃないとバレたのに、王弟殿下《おうていでんか》に迫《せま》られています

葛城阿高《かつらぎあたか》

2022年6月15日 初版発行

発行者　青柳昌行
発行　株式会社 KADOKAWA
〒102-8177 東京都千代田区富士見 2-13-3
（ナビダイヤル） 0570-002-301
デザイン　Catany design
印刷所　凸版印刷株式会社
製本所　凸版印刷株式会社

ISBN978-4-04-737104-0 C0193

定価はカバーに表示してあります。
◇◇◇